Ursula Geiger

Die Nachbarin

Ein Gruss von Ursula Geiger
Herbst 2001

Für Lina

D1574072

Herausgeber:
Rudolf Stirn

Ursula Geiger

Die Nachbarin

Erzählung

ALKYON VERLAG

Die Deutsche Bibliothek - CIP-Einheitsaufnahme

Geiger, Ursula:
Die Nachbarin : Erzählung / Ursula Geiger. -
Weissach i.T. : Alkyon-Verl., 2001.

ISBN 3-933292-50-6

©
ALKYON VERLAG
Gerlind Stirn
Lerchenstr. 26
71554 Weissach i.T.

Druck und Verarbeitung:
Gruner Druck GmbH Erlangen

Titelfoto: Hans Gafafer, St. Gallen

ISBN 3-933292-50-6

Der Gutshof

Schon der erste Hahnenschrei! – Wie spät ist es? – Vier Uhr? – Luise, die zur Wand hin schlief, drehte sich auf die linke Seite und griff nach dem Wecker, der auf dem Nachttisch stand. Er war für sie ein Lebewesen, mit dem sie sich unterhielt. – Vier Uhr! Wusst ich's doch! Ich hab dich überlistet . – Sie lachte. Mich brauchst du nicht wach zu schellen. Ich hab das Zeitgefühl in mir seit eh und je. Der Jakob, der wollte dein Gerassel jeden Morgen hören und hat's nie abgestellt. Du warst eben sein Wecker, sein Eigentum, sein einziges Konfirmationsgeschenk. Auf dich war er stolz. Aber jetzt gehörst du mir und Jakob, ach, du weißt es ja, Jakob ist tot. Luise hielt den Wecker an ihr rechtes Ohr. Das Ticken der Uhr, das Ticken der Zeit mahnte sie an die Vergänglichkeit. – Sie dachte, das tat sie immer beim Erwachen und beim Einschlafen, über ihr Leben, ihr Älterwerden und über den Tod nach. Es war so etwas wie eine kurze Andacht. Ein Innehalten, ein Zurückschauen auf Vergangenes, ein sich Verlieren in dem, was gewesen war.
Wieder krähte der Hahn. Luise sprang ,noch immer leichtfüßig wie ein Mädchen, aus ihrer hohen breiten Bettstatt. Sie öffnete das Fenster und ließ die herbe Februarluft herein. Tut gut, sagte sie. Der Frühling ist im Anmarsch. Der Frühling! – Und du, kleiner Gockel? Spazierst allein durch die Gegend. Immer allein. Tust mir richtig leid. Dein Gutsherr Justus weiß so gut wie ich, dass ein Hahn Hennen um sich haben muss, mindestens neun Stück und Hühner wollen nicht ohne Gockel sein. So ist das nun mal. Aber wer kümmert sich da drüben schon ums Federvieh. Überhaupt ums Vieh! – Es hat sich alles geändert auf dem Gutshof. Und ich als Nachbarin muss mitansehen, miterleben, wie das stolze Haus und die ganze Umgebung verlottert. Nicht einmal mehr Ge-

ranien hat Sie vor den Fenstern, die Gouvernante. Wie hat er sie nur heiraten können, die Frau aus Paris, die keine Ahnung hatte vom Landleben. Fünf Kinder in die Welt setzen, dabei immer jammern und kränkeln.

Luise erschrak über ihr eigenes inneres Schimpfen. – Bin ich eifersüchtig, weil's bei mir nie geklappt hat mit dem Kinderkriegen? Mein zu früh geborenes Kind draußen auf dem Friedhof!

Dem Justus seine erste Frau, die Agnes, hätte auch nicht sterben dürfen. Sie war eine Vollblutbäuerin. Eine mit Herz und Verstand und Mut. Mit viel Mut sogar. – Ich sehe sie noch vor mir bei der Arbeit im Stall. Die Katze strich ihr um die Beine. Sie tränkte die Kälbchen, tätschelte sie, sprach zu ihnen, kümmerte sich um jedes einzelne Tier. „Der Stall ist meine Kinderstube", hat sie oft gesagt. – Sie führte den Hof mit sicherer Hand und Justus war froh. – Damals, jetzt schon lange nicht mehr, aber damals, hat er während der Arbeit noch gesungen. Oft schon früh am Morgen. Manchmal sangen sie zu zweit. Im Männerchor war er der beste Sänger. Und an der Viehschau hockten Jakob, Justus, Agnes und ich am selben Tisch, aßen Wurst und Brot, tranken ein Bier und warteten auf die Preisverteilung. Jedesmal hat Agnes einen Preis gewonnen. Jedesmal. Weit herum war sie bekannt als die beste Tierhalterin mit den schönsten Kühen. Am Abend der Viehschau spielten Justus, seine Brüder Ernst und Fritz zum Tanz auf. Meistens tanzte ich mit Jakob. Tanzen und pfeifen konnte er wie kein anderer. Wir tanzten wortlos, ließen uns hineinfallen in den Rhythmus der Melodie und Jakob pfiff sie leise mit. Im Tanz fühlten wir uns als ein Ganzes. Das war schön, hatte beinahe etwas Berauschendes. – Agnes hatte viele Verehrer. Jeder Bauer wollte mit ihr tanzen. Justus war mächtig stolz auf sie. Wir Frauen sahen schön aus in unseren Sommertrachten. Wir waren jung, sehr jung und glücklich.

An unserer letzten gemeinsamen Viehschau sagte Agnes nachts auf dem Heimweg zu mir: Komisch, mir wurde diesmal schwindlig beim Tanzen. Ich glaube, ich kriege ein Kind. Ist ja auch gut, ein zweites Kind, damit die Bärbel nicht allein ist.

Und nach neun Monaten Schwangerschaft stirbt Agnes. Mitten aus dem vollen Leben stirbt sie an der Geburt von Marei und lässt Bärbel und lässt das Neugeborene allein zurück. Ich hab es ihr richtig übel genommen.

Mit ihrem Tod löscht die Freude aus für lange Zeit. Zum Teil meine eigene, vor allem aber die Lebensfreude ihres Mannes.

Verzweifelt rief er tagelang im Stall nach seiner Frau. Agnes, komm zurück! Lass mich hier nicht allein. Ich verrecke. Ich kann's nicht. Ich bin kein Bauer. Ich war dein Handlanger. Dein Knecht. Mehr war ich nie, Agnes. Nie! – Und die Kinder. Was soll ich nur machen? Zwei Kinder! Ich krepiere.

Seine Verzweiflung war schrecklich.

In mir ist es dunkel. Dunkelste Nacht.

Wie oft er das sagte. Von Jakob und mir nahm er kaum Notiz, obschon wir ihm halfen. Rund um die Uhr waren wir ja bei ihm. Jakob versorgte das Vieh. Ich kümmerte mich um die Kinder und den Haushalt. Mit Hilfe der Dorfhebamme habe ich tatsächlich gelernt, mit einem Neugeborenen umzugehen. Nie hätte ich gedacht, dass fremde Kinder dir so ans Herz wachsen können, als wären es die eigenen. Bärbel und die kleine Marei! Für Jakob und mich ein Stück Himmel auf Erden. Ja, auch für Jakob.

Und dann der Tag, an dem Jakob zu mir sagt: Luise, ich kann nicht mehr. Meine Rheumaschmerzen. Mein Atem. Ich will wieder alleine wohnen in unserer Hütte mit dir. Ich brauche Ruhezeiten. Ich will nicht pausenlos für Justus arbeiten. Er ist eh kein Bauer. Ich muss in seinem Stall, auf seinem Feld, überall muss ich der Meister sein. Und das behagt mir nicht.

Stell dir vor, er fängt an, Land zu verschenken, einfach so, per Handschlag, ohne Vertrag. Er hat auch mir Weideland angeboten. Soll ich es nehmen? Seine Schafe will er loswerden. Wir könnten sie haben. Willst du sie, Luise? – Mein Gott, was denkt er sich bei alledem? – Nimm dir einen Knecht, hab ich zu ihm gesagt. Besser noch eine Frau. – Er ging zum Pfarrer. Der muss ihm geraten haben, ein Heiratsinserat aufzugeben. – Wir nehmen an, er hat's gemacht. – Justus spricht nicht gern über Privates. Einmal sagte er so nebenbei: Ich werde wieder heiraten. Und eines Tages war sie da, die neue Frau. Er stellte sie uns vor: Hier ist Klara. Sie war lange Gouvernante bei vornehmen Leuten in Paris. Jetzt ist sie meine Frau.

Ich weiß noch, wie ich sie anstarren und denken musste: Wird sie mir die Justuskinder, Bärbel und Marei, weiterhin überlassen? – Zum Glück hat sie es getan, denn Stiefmutter sein ist keine leichte Sache. Mein zweiter Gedanke: Schafft sie die viele Arbeit, zerbrechlich, schmal und bleich, wie sie ausschaut?

Noch heute habe ich das Gefühl, sie sei auf einem andern Stern geboren als ich. Mein Herz ist bei Agnes geblieben. Klara und ich sind uns nie nahe gekommen.

Nun sind die Agnestöchter ausgeflogen, schon erwachsen und noch immer spüre ich ihre kleinen Hände in meinen Händen. Aber ich muss sie loslassen. Dauernd möchte ich wissen, was die beiden tun und denken, wo sie sind. Möchte teilhaben an ihren Freuden und an ihren Kümmernissen. Bin ja schlimmer als eine Mutter. Warum stochere ich in der Vergangenheit herum und tue so, als wäre es meine Familie? Es ist nun Mal nicht meine Familie! Bin wirklich nur die Nachbarin. – Schluss mit der Träumerei. Muss mir endlich einen Kaffee kochen.

Luise schloss das Fenster und ging in die Küche. Im Herd glimmte noch ein wenig Glut. Sie legte ein paar Scheiter dazu. Das Holz fing an zu brennen. Es knisterte und krachte im Herd. Luises Morgengeräusche. Mit ihnen war sie groß, schon etwas grau und älter geworden. Seit Jahr und Tag dieselben Geräusche, dieselben Verrichtungen und Gewohnheiten. Immer dieselbe Landschaft und doch kam es ihr vor, als würde sie in der Abgeschiedenheit ihres Hauses nahe beim Gutshof ein reiches intensives Leben durchwandern.

Justus

In der Morgenfrühe des 21.März klopfte Justus an Luises
Türe und rief ihren Namen.
Komm nur herein, rief sie von oben. Meine Türe ist nie ver-
riegelt.
Er lachte. Ja, ja, ich weiß, bei dir kann jeder Schurke einbre-
chen.
Sie lachte zurück. Bei mir ist nichts zu holen. Das wissen
auch die Schurken. Geh nur in die Küche, ich komme.
Er trat in den dunkeln Hausflur. Sie kam die Treppe herunter
und öffnete ihm die Küchentüre.
Setz dich, Justus. – Sie schob ihm den grünen Hocker hin.
Bevor er sich setzte, sah er ihn an.
Seltsam, als müsste er Abschied nehmen von ihm, dachte
Luise.
Das war Jakobs Stuhl. Ist es nicht so, Luise?
Ja, du hast recht.
Er hat ihn selber gemacht, nicht wahr?
Dass du das noch weißt!
Ich seh ihn doch vor mir mit seinen geschickten Händen.
Der konnte alles, war ein prima Handwerker, ein guter Bau-
er. Ein guter Mensch. Einfach ein guter Mensch.
Stimmt, sagte Luise.
Ich vergesse es euch nie, dass ihr mir geholfen habt in mei-
ner schwersten Zeit. Was hätte ich ohne euch getan nach dem
Tod von Agnes? – Ich war nahe daran, mich zu erschießen.
Du hast immer damit gedroht. Wir hatten Angst um dich.
Zum Glück hat Jakob dein Gewehr versteckt. Das hat mich
etwas beruhigt. Hast du es eigentlich vermisst, dein Gewehr?
Nein, ich war froh, dass es weg war und ich wusste, dass
Jakob es aus meinem Kleiderschrank geholt hatte. Wo ist es
denn jetzt?
Irgendwo. Vergiss es, Justus.

Ach ja, will es auch nicht mitnehmen.

Mitnehmen? Wohin denn? Du gehst doch nicht etwa...

Luise, doch, ich geh. Ich muss weg von hier.

Weg von hier? –

Sie erschrak. Sie hätte am liebsten seine Hand, die auf dem Tisch lag, festgehalten. Mehr noch: den ganzen Mann hätte sie festhalten wollen.

Tu mir das nicht an, Justus!

Luise, mit mir kann's so nicht weitergehen, das weißt du so gut wie ich.

Dein Elternhaus, diesen schönen Hof willst du verlassen?

Schön nennst du ihn? – Er ist total vergammelt. Und mir ist es egal. Ich bin nun mal kein Bauer.

Warum hast du denn übernommen, was deinen Vorfahren gehörte?

Ohne Agnes hätte ich es nicht getan. Als meine Eltern starben und ich Agnes kennen lernte, wusste ich, dass sie ein Anrecht hatte auf diesen Hof. Du weißt ja, sie war mit Leib und Seele Bäuerin. Ihr zuliebe hab ich mitgemacht

Hättest du sie nicht getroffen, was wäre aus dem Hof und was wäre aus dir geworden?

Ich hätte Land und Haus verkauft und wäre dabei nicht einmal reich geworden, denn da waren und sind noch Geschwister. Doch keiner meiner Brüder wollte den Hof übernehmen.

Und dann, hättest du einen Beruf erlernt?

Justus lachte sein trockenes, etwas verschmitztes Lachen.

Erschrick nicht, Luise, wenn ich dir sage: aus mir wäre ein Vagabund geworden.

Das glaube ich dir nicht, Justus. Du warst doch fleißig, hast immer gearbeitet. Warst absolut kein Faulenzer.

Du hast schon recht. Neben Agnes war ich der fleißige Knecht, immer bemüht, es ihr recht zu machen. Sie hat mich gelobt und ich war zufrieden. Aber in meinem Innersten war

ich ein träger Mensch und bin es noch. Ein Mann ohne Ehrgeiz, ohne Pläne. Ein Träumer. Wirklich nur ein Träumer.
Oft auch ein Pessimist.

Wovon hast du denn geträumt?

Von allem, was schön ist. In einer Wiese liegen und den
Wolken nachschauen, die vorüberziehen. Das ewige Wechsel-
spiel von Wolken, Wasser, Luft und Winden. Das geheimnisvolle, unruhige Glitzern des Bodensees. Die Landschaft
im Sonnenschein. Das Haar meiner Frau in der Sonne. Ihr
Lachen. Ihre Stimme. Unsere Stimmen, wenn wir zusammen sangen. –Auch Wehmut kann schön sein. Die Wehmut,
die mich überfiel, wenn ich abends auf meiner Handorgel
spielte, mir die Mutter Gottes im Himmel vorstellte und auch
für sie spielte. Die heilige Maria im blauen Mantel – Siehst
du, so einer bin ich. Dabei habe ich fünf Kinder und zwei
erwachsene Töchter, um die ich mich kümmern sollte. Endlich muss ich meine Vaterpflichten wahrnehmen und Geld
verdienen. Werde in der Rorschacher Roggofabrik um Arbeit fragen. Ob es dann noch Mußestunden am See geben
wird, weiß ich nicht. Der See zieht mich mächtig an. Wenn
ich als Fischer Geld verdienen könnte, wäre das mein Beruf.

Suchst du dir ein Haus in Rorschach?

Ein Haus! – Luise, wo denkst du hin. Unten im Städtchen
habe ich eine billige Dreizimmerwohnung gefunden. Dort
werden wir einziehen. Wenn wir alle auswärts arbeiten, können wir es nachts aushalten, eng beieinander zu sein. Eva
will den Haushalt führen. Es wird schon gehen. Sie ist voll
guten Willens.

Und ihre Behinderung? Glaubst du nicht, dass es zu viel ist
für sie? Diese ewigen Gliederschmerzen. Ich weiß noch, wie
Jakob darunter gelitten hat.

Luise, wir sind alle angeschlagen, körperlich und seelisch.
Eva hinkt, ist langsam im Denken. Aber sie wird die Befehle
ihrer Mutter ausführen. Am meisten graut mir vor den Kämp-

fen meiner Söhne. Alois und Erwin sind immer am balgen und streiten und wenn die Mädchen mitmischen: Lore, Eva, Lisa, alle mit ihren Setzköpfen, wird es unerträglich sein für mich. Ich werde aus der engen Wohnung fliehen müssen hinunter an den See.

Und Klara?

Sie muss selber sehen, wie sie zurecht kommt. Ich behandle sie anständig. Mehr kann ich nicht für sie tun. Kann mir nicht denken, dass sie in die Fabrik geht. So, wie ich sie kenne, wird sie ihrer Lieblingsbeschäftigung nachgehen, dem Porzellanmalen. Das ist für sie das Beste.

Justus schwieg. Draußen sangen die Vögel. Er stand auf und öffnete das Fenster. Hörst du's? Sie zwitschern auf allen Bäumen. Sie jubilieren in den Tag hinein. Und mir ist das Jubilieren vergangen. Nach dem Tod von Agnes warst du in meinem Leben ein kleiner Glanzpunkt. Du, Luise. Doch du hattest deinen Jakob und als er starb, war Klara schon da. Und du hattest dich zurückgezogen.

Das musste ich doch. Auch wenn...

Sag's nur.

Auch wenn mein Herz es anders gewollt hätte.

Ich hab deine Liebe gespürt, Luise. Sie hat mich gestärkt. Du und ich, Bärbel und Marei hätten gut zusammen leben können.

Ja, das glaub ich auch. Aber es hat nicht sollen sein.

Seltsame Wege geht das Leben mit uns und morgen bin ich nicht mehr hier.

Langsam ging Justus zur Türe hin. Luise stand auf und wollte ihm die Hand geben. Da nahm er sie in seine Arme, streichelte ihre Wangen. Ach du! – Du mit deinem lieben Gesicht. Leb wohl. Leb wohl, Luise. Dann verließ er ihre, ihm so wohl vertraute Küche.

Abschied

Wie angewurzelt blieb Luise in der Küche stehen und starrte in die Sonnenkringel, die auf dem Steinboden tanzten. Heute mochte sie dieses Lichtspiel nicht. Aufhören, rief sie. Es gibt hier nichts mehr zu feiern! Keine Freudentänze! Ausgetanzt!

Am liebsten hätte sie den glanzvollen Frühlingstag zerstückeln und in einem dunklen Loch vergraben wollen....Sie hatte Angst vor dem dunklen Loch der Einsamkeit. – Nein, da will ich nicht hinein, sagte sie laut und kam wieder zu sich selber. – Ich will nicht Trübsal blasen! Es macht mich kaputt. Ich bin nicht Justus, bin Luise. Habe immer noch Kraft. Ich könnte... Sie suchte einen Ausweg. – Ich könnte eine Gemüsesuppe kochen. Etwas Warmes, bevor sie alle gehen.

Luise tauchte in ihren Keller und holte aus dem letzten Wintervorrat ein paar Rüben, Kartoffeln mit langen Kiemen, eine verschrumpelte Sellerieknolle und einen Stengel Lauch.

Die Suppe kochte auf dem Herd und duftete herrlich, als Klara an die Türe klopfte und hereintrat.

Ich komme, um adiö zu sagen, Luise. Bin selber überrumpelt von der ganzen Sache. Vor einer Woche, stell dir vor, erst vor einer Woche sagte Justus zu mir: Pack deine Sachen. Wir gehen weg von hier. – Ohne mein Wissen hat er unten in Rorschach eine billige Dreizimmerwohnung gemietet. Ich war einfach sprachlos. Wo ich hin solle mit all den Möbeln, fragte ich ihn. Weißt du, was er zur Antwort gab?

Nein, keine Ahnung. Komm, setz dich, Klara.

Klara saß nun da, wo Justus in der Morgenfrühe gesessen hatte: Auf Jakobs grünem Hocker.

Gut, dass wir endlich miteinander reden wie zwei vernünftige Frauen, dachte Luise. Das hätten wir schon lange tun sollen. – Was ist mit den Möbeln, Klara?

Justus sagte, ich solle sie zurück lassen im Haus. Sie hätten niemals Platz unten in der Wohnung.

Du lässt dein ganzes Hab und Gut einfach stehen in einem leeren Haus?

Es ist nicht mein Hab und Gut. Es sind Agnesmöbel. Justus kann über sie verfügen. Ich bin seinerzeit mit leeren Händen eingezogen, hatte nicht viel mehr als Farbschachteln und Pinsel und ein paar Kleider. Ich war arm wie eine Kirchenmaus und er hat mich genommen und ich musste froh sein. Weil mir nichts an Möbeln liegt, kann ich sie ruhig stehen lassen. Mich interessiert eigentlich nur mein Hobby, das Malen. Aber ist es nicht unverschämt von ihm, still und heimlich eine Wohnung zu suchen, ohne mich zu fragen? Hättest du dir das gefallen lassen?

Nein. Warum wehrst du dich nicht, Klara?

Ich brülle ihn an, wenn ich wütend bin. Dann läuft er weg. So macht er es immer. Wir können nicht streiten miteinander. Wir verstummen nebeneinander. – Habt ihr streiten können, Jakob und du?

Bis zu einem gewissen Grad, ja, aber es endete meist mit Lachen. –

Ach, du hast gut reden. Dich hat jemand geliebt. Mich nicht. Er vergöttert immer noch Agnes, auch wenn er es nicht ausspricht. Ihr Geist ist überall, drückt auf mein Gemüt. Von daher ist es gut, ihr Haus verlassen zu können. Eine italienische Familie wird einziehen. Auch das hat er mir erst kürzlich gesagt. – Ich nehme den Küchentisch und den Küchenschrank mit, Stühle, eine Kommode für die Kleider, unsere Ehebetten, Matratzen für die Kinder, Geschirr, Besteck, ein paar Gläser, mehr nicht.

Hattest du wirklich keine Ahnung, wie es um eure Finanzen stand?

Nein, ich wollte nichts mit Geld zu tun haben. Ich bin das Gegenteil von Agnes. Sie hat seinerzeit das Regiment geführt in Haus und Hof und Stall und in der Buchhaltung. Ich überließ alles Justus, wollte aus ihm einen selbständigen Mann machen, hatte genug von seinen Träumereien.

Sich gegenseitig umerziehen funktioniert meistens nicht, sagte Luise. Aber Justus ist tatsächlich kein Bauer.

Und ich bin keine Bäuerin, Luise. Wir werden in die Fabrik gehen müssen, es bleibt uns wohl nichts andres übrig. Es sei denn, ich könnte Porzellan malen und verkaufen. Wir sind keine Gutsbesitzer mehr. Arbeiter sind wir, hundsgewöhn–liche Arbeiter. Justus muss seine Träumereien an den Nagel hängen. Auch seine Seeträume.

Seeträume?

Hat er dir nie davon erzählt? – Am liebsten wäre er Fischer oder, dass ich nicht lache, – er möchte als Kapitän in einem weißen Dampfer von Ufer zu Ufer fahren. – Alles Buben-träume, Luise! Wann endlich wird aus ihm ein Mann, der das Leben sieht, wie es nun einmal ist?

Hast du denn keine Träume mehr, Klara?

Ich? – Bist du wahnsinnig? Seit wann dürfen Frauen Träume haben? – Frauen müssen schuften von morgens bis abends, sonst fällt die Familie auseinander. Hast du etwa Träume hier oben auf dem Rorschacherberg, mausbein allein?

Was konnte Luise sagen? – Sie hatte auch keine Träume. Sie war traurig und fühlte sich einsam.

Beide Frauen schwiegen, jede mit ihrem Los beschäftigt. Klara stand auf, schob den grünen Hocker unter den Tisch, ging zur Türe hin, nahm die Türfalle in die Hand und sagte, mit einer strengen Falte im Gesicht: „Eins musst Du wissen. Justus hat neben seinen Träumereien ganz reale Pläne im Kopf. Nur spricht er nicht davon. Aber ich weiß, woran er denkt. – Und du, du wirst es auch wissen. Eure Kinder wer-den den Gutshof erben und eines Tages wieder hier einzie-hen."

Was heißt „eure Kinder", wo ich doch gar keine habe!

Die Agneskinder sind doch deine Kinder geworden, gib's

zu. Du hast sie dir einfach genommen.

Nein, so war es nicht. Ich hab sie gepflegt, als sie klein waren, und später sind sie von selber gekommen, zusammen mit deinen Kindern und haben in meiner Stube gespielt. Alle sind sie mir ans Herz gewachsen, das ist wahr. Aber ich habe nie eine Mahlzeit für sie gekocht, obschon ich es gerne getan hätte. Sie haben nie bei mir gegessen. Sie wussten, wo sie zu Hause waren. Du warst doch auch froh um ein paar ruhige Stunden.

Kannst es drehen und wenden, wie du willst. Tatsache bleibt: Meine Kinder haben nicht die selben Rechte wie die Agnes-Töchter.

Das weiß ich nicht. Darüber musst du mit Justus reden, nicht mit mir. Bin schließlich nur die Nachbarin. – Lass uns doch in Frieden auseinander gehen, Klara. Ich koche hier eine Suppe für euch. In einer Stunde könnt ihr bei mir essen, wenn ihr wollt.

Merci, sagte Klara und ging. – Um 12 kam sie mit der ganzen Familie. Wie sie alle am Tisch saßen und keiner ein Wort redete, fragte sich Luise: Sind sie immer so wortkarg, so teilnahmslos beim Essen oder ist es der Abschied, der sie stumm macht? – Wie wäre es uns, Jakob und mir, mit eigenen Kindern ergangen? – Jakob hatte Kinder gern und beim Essen war er immer mit sich und der Welt zufrieden. Nach jeder Mahlzeit sagte er: „S'isch guet gsi."

Luise fühlte sich von Justus beobachtet. Er sah sie an. Woran denkst du, Luise?

An Jakob.

Hab ich mir gedacht. Mit ihm war es gemütlich in eurer Küche.

Ja, besonders wenn...

Nein, sie sprach nicht aus, was sie dachte. In Klaras Anwesenheit konnte sie nicht sagen: Wenn eure Kinder bei uns waren, fühlten wir uns ein wenig wie eine Familie. – Den Schmerz, kinderlos zu sein, behielt sie für sich. – Ihr war um's Weinen, als die Justuskinder nun adiö sagten. Eins nach dem andern gab ihr die Hand, tauschte einen kurzen freundlichen Blick und ging. Lisa, die Jüngste, drückte Luise einen Kuss auf die Lippen und mit strahlenden Augen sagte sie: „Häsch e feini Suppe gmacht."

Einsamkeit

Nachdem die Familie samt den paar Möbelstücken in einem großen Laster abgefahren war, stand Luise mit hängenden Armen vor dem Gutshof und wusste nicht, was sie mit sich selber anfangen sollte. Für wen bin ich eigentlich noch da? Was soll ich hier so allein? Mich mit mir selber unterhalten? Und die Arbeit? Wer wird Holz spalten? – Das hat immer Justus getan. So faul war er gar nicht. Wer wird das Gras mähen? Es wächst und wächst und eines Tages schreit es: Macht endlich Heu aus mir! –Und was geschieht mit dem Heu, den Beeren, dem Obst? Werde ich mich alleine um alles kümmern müssen? Bin doch nur die Nachbarin.

Wenn Zukünftiges vor uns steht wie ein Berg, über den wir nicht hinausschauen können, kann Gegenwärtiges Orientierungshilfe sein. Es fing an zu regnen. Große graue Wolken verdunkelten den Himmel. Wind kam auf. Die Vögel verstummten. Ferne Blitze zuckten am Horizont und der Donner rollte. Ein Frühlingsgewitter. Schon prasselte der Regen auf die Erde.

„Der Himmel soll weinen und die Vögel sollen schweigen, es ist mir recht", rief Luise in den Regen hinein und rannte in ihr Haus. Sie trocknete sich das Haar mit dem rot–weiß gestreiften Handtuch und sah sich um, denn sie spürte, kaum betrat sie die Küche, dass hier jemand war. Ein Lebewesen. Ein kleiner Gast. Ein Pensionär?

Sie hörte leises, regelmäßiges Schnurren, und dazwischen dünne Jammertönchen. Bestimmt eine Katzenmutter! –Könnte es Mörli, Justus' Lieblingskatze sein?

Hat er sie absichtlich hier gelassen? Für mich?

Luise suchte nach der Katzenmutter und fand sie im Flickkorb. Schnurrend lag sie mit zwei neugeborenen schwarz–weiß gefleckten Kätzchen auf einem alten Barchetleintuch, das sie schon immer hatte flicken wollen.

Nun bin ich nicht mehr allein, sagte Luise und streichelte Mörli's schwarzglänzendes Fell. Dann holte sie aus der Kommode einen Knäuel Wolle samt Stricknadeln, stellte den hölzernen Schemel zum Korb hin, setzte sich darauf und schlug 72 Maschen an, verteilt auf vier Nadeln. Ein Paar Socken für Justus. Als Dank für die Katze.

Strickend, leise vor sich hinsummend, lies Luise den Tag vergehen. Mörli schnurrte und draußen hatte es aufgehört zu regnen.

Familie Castaldi

Hoch oben im blauen Himmel zog der Milan seine Kreise. Luise schaute ihm nach. Sie stand draußen in der Sonne und atmete die Morgenluft ein. Aus dem Kamin des Gutshofes stieg wieder Rauch auf. Ein Lebenszeichen. Luise freute sich darüber. Doch in Gedanken war sie bei Justus und seinen Kindern. – Ob auch er sich in Rauch auflöst, dieser Mann, den ich nicht aus meinem Herzen verbannen kann? – Wird er nur noch einsame Kreise ziehen wie der Milan? – Es könnte schon sein, so wie ich ihn kenne. Er lässt aber auch gar nichts von sich hören. Aus den Augen, aus dem Sinn! Können Frauen auch so sein? – Und Klara, was macht sie wohl? Ist sie wirklich nur geduldet bei ihm? Arm wie eine Kirchenmaus sei sie gewesen, hat sie mir gesagt. Aber sie hat doch Kinder und das ist ihr Reichtum.

Da ging die Türe im Nachbarhaus auf und Bruno rannte heraus, rannte in Luises Arme, zupfte sie an der Schürze. Buon giorno Luisa! Du sehen großer Vogel? Und dort Flugzeug? Schau! –Jetzt in Wolke. Luisa, ich, wenn groß: Pilot.

Du willst Flieger werden, Bruno?

Si, si, Luisa.

Mit seinen großen dunklen Augen schaute er sie beschwörend an, als wollte er sagen: Du musst mir glauben, ich werde Pilot.

Luise sah ihn auch an. Jedesmal wenn sie ihm begegnete, war sie überwältigt von seinem Charme, seiner Liebenswürdigkeit, seinem italienischen Temperament.

Bruno, fünf Jahre alt, der Jüngste in der Familie Castaldi, hatte zwei Brüder: Lorenzo achtzehn, Carlo zwanzig Jahre alt. Sie kamen ihm vor wie gestandene Männer. Er war stolz auf sie. Voller Bewunderung schaute er ihnen nach, wenn sie in der Morgenfrühe losbrausten, jeder auf seiner Vespa.

Sie fuhren hinunter nach Rorschach. Lorenzo arbeitete in der Roggofabrik, Carlo machte eine Lehre als Kellner im Bahnhofrestaurant.

Reto, Vater der drei Söhne, zweiundvierzig Jahre alt, war ein Mann mit Schnauz, dunklem Haar und blitzenden Augen, die alles sehen wollten. Er war klein, schnell in seinen Bewegungen und meistens guter Laune. Beim Anblick der ungenutzten Wiesen rund um den Gutshof hatte er so etwas wie eine Erleuchtung gehabt. Er sagte sich: Was meine Nonna in Italien kann, nämlich pflanzen, das kann ich doch auch. Ich werde hier oben auf dem Rorschacherberg Gemüse anbauen für die Roggofabrik in Rorschach.

Gedacht, gesagt, getan. Reto, früher Bauarbeiter in Mailand, wurde in der neuen Heimat Landarbeiter. Theresa, seine Frau, für ihn die schönste aller Frauen und die beste Köchin der Welt, half ihm dabei. Er hatte auch Luise gefragt: Du mitmachen, Luisa, ein wenig? Und sie hatte gelacht und genickt: Si,si! Was verstand er wohl unter „ein wenig"?

Von nun an blühte Luise auf wie eine späte Rose. Sie sah wieder einen Sinn in ihrem Leben. Reto, das spürte sie, war froh um ihre Ratschläge und um ihre Hilfe, denn sie kannte sich aus in der Landwirtschaft. Sie war auch eine Wetter–profetin. Konnte sie das Wetter riechen? War sie eine Wetterhexe? Meistens fand nämlich am Himmel statt, was sie vorausgesagt hatte. Es machte großen Eindruck auf Reto. Er stellte ihr laufend die verschiedensten Fragen über die Bodenseegegend. Sie sprachen viel über das Klima, das hier so anders war als in Italien. Wenn aber Luise mit ernstem Gesicht von der Klimaveränderung zu reden anfing, spürte Reto jedesmal ein Unbehagen in sich. Was meinte sie damit? Woher hatte sie überhaupt dieses Wort? Sie gab ihm klare Antworten auf seine Fragen. Doch die Klimaveränderung konnte sie nicht in Worte fassen. Es blieb ein dunkler Begriff, etwas Unfassbares, Bedrohliches.

Wenn in Retos eigenem Bereich alles gut lief mit säen, pflanzen, gießen, hacken, jäten, ernten, einpacken und abliefern, sagte er: Luisa, du prima. Aber piano, piano. Das hieß: Arbeite nicht zu viel! Jeden Sonntag wurde sie von Theresa zum Essen eingeladen. Die ganze Woche freute sie sich darauf. Sie war gerne unter diesen unkomplizierten Menschen. Das Gefühl „ich gehöre auch ein wenig dazu" erfüllte sie mit Dankbarkeit. Und sie fand italienische Gerichte nun viel besser als Schweizerkost.

Auf ihren Lohn war sie stolz. Eigen verdientes Geld gab ihr ein Gefühl von Sicherheit und Unabhängigkeit. Den ersten Lohn legte sie beinahe andächtig in ihr „Schmucktrückli" zu den Ringen ihrer verstorbenen Eltern und zum rotgoldenen Ehering, den Jakob an seiner linken Hand getragen hatte. – Seinerzeit, es war schon lange her,, oder war es erst gestern gewesen? – hatte Jakob für seine Braut Luise das mit Süßigkeiten gefüllte „Trückli" am St. Galler Jahrmarkt gekauft und selber bemalt: Zwei rote, ineinander fließende Herzen, Vögel und Blumen. Wie schnell die Zeit vergangen war!

Alois

Luise, die noch immer draußen stand, entdeckte am Wald-
rand eine Gestalt. War es ein Mann? Irgendwie kam er ihr
bekannt vor. Bruno sah ihn auch und winkte. Der Mann winkte zurück, fing an, schneller zu laufen, kam näher und schon
bald erkannte ihn Luise. Es war Alois. Da stand er nun vor
ihr.

Alois, wo kommst du denn her, so früh schon? Hast dich, ja
– hast dich irgendwie verändert.
Du ein Beatle? Fragte der kleine Bruno und deutete auf das
offene lange Haar von Alois.
Stimmt, ich hab eine Löwenmähne. Gefällt sie dir?
No! Rief Bruno und rannte davon. Das dunkle kurze Kraus-
haar seiner Brüder war für ihn die einzig richtige Männer-
frisur.
Willst einen Kaffee, Alois?
Gerne. Kann ich meinen Holzklotz hier vor deinem Haus
deponieren?
Sicher. Es wird ihn niemand stehlen. Wozu brauchst du über-
haupt Holz?
Mm – ich will ein Spielzeug schnitzen.
Ach so. Komm herein.
Alois wischte seine Schuhe ab. Luise öffnete die Türe zur
Küche. Sie war voller Licht.
Deine Küche ist das reinste Sonnenbad.
Ich weiß. Jakob hat schon immer vom „Sunnehüsli" gesprochen. Im Hochsommer wird's mir manchmal zu heiß. Drü-
ben im Gutshof, du hast es ja selber erlebt, sorgen die Kasta-
nienbäume für Schatten. – Setz dich, Alois. Nimm den grü-
nen Hocker. Kennst dich doch aus bei mir. Ich mach uns
einen Kaffee. Sag, habt ihr eine gute Wohnung in Rorschach?

Nein, sie ist dunkel, eng und feucht. Es riecht erbärmlich nach Armut. Alles ist muffig bei uns. Wir sind viel zu nahe aufeinander. Meine Mutter, seit sie nicht mehr in der Fabrik arbeitet, nimmt einen zu großen Platz ein in der Wohnung. Sie malt wie vergiftet Porzellan am Stubentisch. Alles andre wird unwichtig für sie. Ich hab sie einmal gefragt: müssen es immer Blümchen auf weißem Porzellan sein? Sie sagte: jaaa, ich hab das als junge Gouvernante so gelernt bei einer Porzellanmalerin in Paris. – Manchmal habe ich das Gefühl, dass ich sie gar nicht kenne, meine Mutter, viel zu wenig weiß aus ihrer Vergangenheit. Aber eins spür ich: für mich ist kein Platz in der Wohnung, gar keiner.

Du bist doch die meiste Zeit in der Fabrik. Müsstest du nicht längst dort sein?

Hast schon recht, ich müsste dort sein. Aber ich geh nicht mehr hin.

Warum denn, Alois?

Ich kann nicht mehr. Es ist mir zu eintönig. Immer, immer dieselben Handgriffe. Ich verliere das Denken. Erst jetzt, seit ich nicht mehr zur Schule gehe, fehlt sie mir. Das Wenige, was ich gelernt habe, ist wirklich zu wenig. Es versandet, es zerrinnt in mir, wenn es nicht genährt wird. Ich bin wissensdurstig, möchte alles in mich hineinstopfen, was ich höre, lese, sehe. Verstehst du's?

Natürlich versteh ich es. Bin auch hungrig nach – wie soll ich mich ausdrücken? Eigentlich nach frischen Quellen, wo immer sie fließen.

Was meint sie wohl damit? Überlegte Alois. Hat sie hier oben in ihrer Abgeschiedenheit überhaupt eine Chance, an etwas Neues heranzukommen? – Er sah ihr zu, wie sie die Tasse mit Goldrand und die Vergissmeinnichttasse langsam, fast feierlich mit Kaffee auffüllte. Sie stellte noch Milch, Zucker und ein Schälchen mit Zimtstengeln auf den Tisch, dann setzte sie sich auf die Bank, wo sie schon immer gesessen hatte.

Nimm die Vergissmeinnichttasse, Alois.

Das war doch immer deine Tasse, Luise. Hast uns einmal erzählt, Jakob hätte sie dir zum dreißigsten Geburtstag geschenkt.

Du mit deinem Gedächtnis! – Stimmt schon, was du sagst. Aber du bist kein Kind mehr. Heute bist du Gast bei mir und Gäste kriegen immer die schönste Tasse. Iss, mein Sohn, und lass es dir schmecken.

Sie umarmt mich mit ihren Worten und ihren Blicken! Alois fühlte sich geborgen wie schon lange nicht mehr.

Kannst alles aufessen, alle Zimtstengel. Mir tun sie nicht gut, kriege Magenweh davon.

Du bäckst auf Vorrat?

Ach, weißt du, der kleine Bruno, überhaupt alle Castaldis essen gern Süßes.

Mir geht ein Licht auf, Luise. Die frischen Quellen, von denen du geredet hast, das sind für dich die Italiener, die neuen Nachbarn. Hab ich recht?

Du hast recht. Sie geben mir Arbeit, lassen mich teilhaben am Familienleben und ich lerne, was schon immer mein Traum war, endlich eine Fremdsprache. Italienisch, eine wohlklingende, warme Sprache! Sie gefällt mir. Weißt du, wer sie mir beibringt?

Ich könnte mir denken, dass es der jüngste Castaldi ist.

Ja, genau. Es ist Bruno. Kinder sind einmalig. Kein erwachsener Mensch hat die Engelsgeduld eines Kindes. Stell dir vor, er wiederholt mir die Wörter, die mein altes Hirn nicht behält, so oft ich es will. Hundert Mal am Tag, wenn es sein muss.

In deiner Stube haben wir auch Lehrerlis gespielt. Weißt du's noch?

So etwas vergisst man nie, Alois. Aber nun erzähl von dir. Dein Holzklotz draußen, was hat er zu bedeuten? – Du hast etwas von schnitzen gesagt.

Ja, ich möchte ein Schiff schnitzen, ein Segelschiff für Kinder. Frau Bühler sagte, sie würde es in ihrem Spielzeugladen verkaufen. Dann könnte ich ein zweites Schiff schnitzen und schon bald wäre ich der Schiffschnitzer von Rorschach. – Eines Tages werde ich mit einem großen Schiff hinaus fahren ins Meer.

Er redet wie sein Vater, dachte Luise. Wie sehr er ihm ähnlich ist mit seinen Sehnsuchtsträumen.

Ich hab nun eine große Bitte an dich, Luise. – Würdest du mir Segel nähen?

Natürlich kann ich Segel nähen, Alois. Aber hör zu: Nimm doch deinen Hunger nach Wissen ernst. Gib das Lernen nicht auf. Dein junges Gedächtnis ist deine Chance und die hast du nur ein einziges Mal im Leben

Meine Schulzeit ist zu Ende, Luise. Ich muss Geld verdienen, muss weg von zu Hause.

Kann mich gar nicht erinnern, dass du als Bub speziell am Schnitzen Freude hattest und nun willst du einen Beruf daraus machen. Ist es nicht einfach ein Traum von dir, Alois?

Mag schon sein. Es gäbe noch eine zweite Möglichkeit, Geld zu verdienen. Da, schau!

Alois zog ein winziges Notizbuch aus seinem Hosensack und legte es vor Luise hin.

Siehst du, hier stehen Namen und Adressen von Leuten, die zu Hause noch einen Kachelofen heizen.

Woher weißt du das? Kennst dich schon so gut aus in Rorschach?

Nein, aber ich kenn den Jöri, den Langen, Dünnen aus Friesland. Hab kürzlich ein Bier mit ihm getrunken

Du meinst den Kaminfeger, der auch meinen Ofen rußt?

Ja, genau den. Er hat zu mir gesagt: 'Alois, wenn dir die Fabrikarbeit dermaßen zuwider ist und du lieber draußen arbeiten möchtest, so mach doch Holzbürdeli, verkauf sie, nimm Bestellungen auf bei Leuten, die noch Kachelöfen haben.' – Der Jöri gab mir viele Adressen und ich könnte die Leute nun aufsuchen.

Luise schwieg.

Was denkst denn jetzt, Luise?

Willst es wirklich wissen?

Ja.

Ich denke, du solltest auf der Hut sein vor dir selber.

Ich versteh dich nicht, Luise.

Du willst vielleicht, ähnlich wie dein Vater, ein Träumer bleiben, den Weg des geringsten Widerstands gehen. Draußen im Wald Büscheli zusammenbinden ist einfacher als nochmals in der Schulbank hocken und hocken und lernen und lernen.

Welche Schulbank? Was stellst du dir überhaupt vor?

Eine Ausbildung solltest machen, Alois. Ernsthaft auf ein Ziel hin arbeiten. Das stell ich mir vor. Du hast das Zeug dazu. – In Rorschach gibt's ein Lehrerseminar. Mach um Himmelswillen Gebrauch davon.

Ich?

Ja, du!

Traust du mir das zu?

Natürlich trau ich es dir zu. Beim Lehrerlisspielen warst du immer der Lehrer und hast deinen Geschwistern die unglaublichsten Geschichten erzählt und davon leben doch die Kinder. Deine Erzählgabe darfst du nicht einfach brach liegen lassen. Lass deine Wald– und Schiff– und Holzträume Träume sein und melde dich an im Seminar. Du bist jetzt sechzehn. Mit Zwanzig könntest du als frisch gebackener Lehrer bereits eine Stelle antreten.

Du meinst, du glaubst tatsächlich, ich würde die Aufnahmeprüfung bestehen?

Ganz bestimmt.

In Französisch war ich schlecht und in meinen deutschen Aufsätzen und Diktaten wimmelte es von Fehlern.

Das ist eine Übungssache, Alois. Ich kann dir helfen. Kann dir jeden Abend einen Text diktieren. Die Französischwörter lernst du auswendig und ich frage sie ab.

Alois schüttelte den Kopf. Ich bin der Bub eines Arbeiters, längst nicht mehr der Bub eines Gutsbesitzers. Und im Lehrerseminar sitzen Söhne und Töchter aus sogenannt gutem Haus.

Luise stand auf, als hätte sie eine Rede halten wollen. Sie klopfte mit der linken flachen Hand auf den Tisch, um ihren Wörtern das nötige Gewicht zu geben. – Jeder Mensch, Alois, sei er Schuster, Schneider, Leineweber, jeder Mensch hat ein Recht auf Bildung.

Sie ist voll in Fahrt. Sie hat es voll auf mich abgesehen, dachte Alois. Es muss mit ihr selber zu tun haben. Sie hat auf das verzichten müssen, was ich nun haben könnte. Was hab ich mir nur eingebrockt. Oder ist es eine Fügung, dass ich bei ihr gelandet bin?

Komm, ich zeig dir etwas! – Sie nahm ihn beim Arm und führte ihn in Jakobs Werkstatt.

Siehst du, es ist warm hier. Die Sonne scheint herein. Ein Ofen ist auch da. Und es hat genügend Platz für Bett und Tisch und Stuhl.

Bist eine hartnäckige Frau, Luise. Wirbelst mein Leben durcheinander. Ich soll also hier wohnen, bei dir und alles fahren lassen, was ich mir für meine Zukunft ausgedacht habe?

Luise lachte. Es heißt in einem Kirchenlied: „Lass fahren dahin, es bringt dir kein Gewinn!"

Auch Alois musste lachen. Magst Recht haben. Ich geh jetzt hinunter nach Rorschach, trink mit dem Jöri ein Bier und bespreche nochmals alles gründlich mit ihm. Bin ja gespannt, was er sagt. – Die Segel, Luise, würdest du sie trotzdem...?

Ja, ich würde sie nähen.

Wunschkonzert

„Zum wieße Sägel" hieß Jöris Stammbeiz unten am See. Hier saß er nach getaner Arbeit, immer am selben Tisch. Leute, die ihn kannten, hielten den Fensterplatz frei für ihn. Jöri war beliebt im Städtchen. Die Hausfrauen sagten, so einen sauberen Kaminfeger hätten sie noch nie gehabt.

Es war sechs Uhr, als Jöri das Lokal betrat und sich ans Fenster setzte. Abendstimmung am See war Erholung für ihn, die Krönung vom Tag. Für ein paar Stunden brauchte er nicht mehr an Ruß und schwarze Kamine zu denken. Die Ellbogen aufgestützt, saß er einfach nur da, schaute ins Wasser, hörte auf das Schreien der Möwen. Das alles weckte Heimatgefühle in ihm.

Woran denkst? rief Rosalia hinter der Theke hervor.

Ans Meer.

Hab ich mir gedacht.

Und jetzt, wo ich dich sehe, denke ich schon ans Bier. Bringst mir eins? – Er sah Rosalia an. Sie könnte ein Mädchen aus Friesland sein, aus meinem Land, dachte er. Das Helle, Blaue, das Lichte an ihr.

Bier mit Schaumkrone, wie das Meer, sagte Rosalia und stellte ein volles Glas vor ihn hin.

Er trank es bis zur Hälfte in gierigen Zügen.

Die Türe ging auf und Alois trat herein.

Hallo, Freund! Rief Jöri. Hab auf dich gewartet. Auch ein Bier?

Ja, ich habe Durst. – Alois trank langsam.

So verschieden können Kunden sein, dachte Rosalia. Der eine lässt sich Zeit, der andre hat's mit der Schnelligkeit. Mit dem Schnellen würd ich gern einmal tanzen, so recht nach Herzenslust. – Weißt das Neuste, Alois?

Nein, komm näher und erzähl!

Rosalia stellte sich ans Tischende.

Setz dich doch. – Alois bot ihr einen Stuhl an.

Ich darf nicht. Auf keinen Fall. Wenn das die Wirtin sähe! – Serviertöchter und Verkäuferinnen müssen immer stehen. Habt ihr das noch nie bemerkt?

Stimmt, sagte Jöri. Ab und zu trink ich einen Kaffee im Bahnhofsbuffet. Da ist mir schon aufgefallen, dass sich Kellner und Kellnerinnen von Zeit zu Zeit irgendwo anlehnen. – Also: Wenn ich Chef wäre im Bahnhofsrestaurant, dürfte das Personal hocken, wenn es nichts zu rennen gäbe.

Und wenn ich Lehrer wäre, fügte Alois bei, müssten die Schüler nicht stundenlang hocken, sie dürften sich viel mehr bewegen.

Das wäre gut, sagte Rosalia. Dann gäbe es keine geschwollenen Beine und keine krummen Rücken mehr. – Aber jetzt das Neuste, das Allerneuste, Alois.

Ja, schieß endlich los!

Dein Vater kommt neuerdings hierher und spielt auf seiner Handorgel. Und das ist einfach wundervoll. Es gibt mir ein ganz neues Lebensgefühl.

Mein Vater? Der Justus?

Ich wollt's dir einfach sagen, damit nicht aus allen Wolken kippst, wenn er kommt. Es wird langsam dämmrig. Wir werden die Bude bald voll haben.

Schon kamen die ersten Gäste. – Alle irgendwie erwartungsvoll, dachte Alois.

Mein Vater bleibt für mich ein Rätsel, sagte er zu Jöri.

Und die Mutter? Fragte Jöri.

Ach, sie ist noch das größere Rätsel.

Dann prost Alois! Ich lade dich ein zu Wurst und Brot und wir trinken noch eins auf deinen Vater, deine Mutter und auf meine Mutter. Mein Vater lebt nicht mehr und Mutter hat Heimweh nach ihrem Jungen und ich hab Heimweh nach ihr und bin trotzdem gern hier. – Rosalia, nochmals zwei Bier und ein Waldfest dazu.

Du meinst Wurst und Brot?

Natürlich. So sagt ihr doch in der Schweiz.

Rosalia stellte alles auf den Tisch und lobte ihn: Bist ja schon ein halber Schweizer.

Die Leute kamen tatsächlich in Scharen.

Er ist wieder einmal, wie schon so oft in meinem Leben, die Nummer eins, dachte Alois, als sein Vater im frisch gebügelten Hemd und blauer Manchesterhose hereinkam, Beifall erntete und auf dem Stuhl, der für ihn bereit stand, Platz nahm, so als hätte er das schon immer getan.

„Guete Obe mitenand", hörte Alois seinen Vater sagen, und schon, wie von selbst, spielte die Handorgel: „S'isch mer alles ei Ding, ob i lach oder sing".

Die Leute sangen und sangen, riefen ihre Wünsche, sangen weiter. Alois sang mit. Ob er wollte oder nicht, er musste singen. Er hörte sich selber zu und realisierte, dass sein Tenor gut klang. Als Jöri ihm zuflüsterte: Hast eine tolle Stimme, war er stolz. Und plötzlich wusste er: Ich kann's auf meine Art auch, kann Menschen, ähnlich wie mein Vater, für eine Sache begeistern, kann ihnen etwas mitgeben auf ihren Weg. Bei mir müssen es aber junge Menschen sein. Kinder. Schüler. – Ja, Schulkinder! – Mein Plan steht fest, muss gar nicht mehr groß darüber reden: Ich mach die Aufnahmeprüfung fürs Seminar und wenn ich sie bestehe, dann werde ich Lehrer. Luise wird sich freuen.

Alois schaute wieder seinen Vater an. Er sah jetzt müde, aber zufrieden aus. Und Alois wusste: Musizieren ist für Justus das Richtige, und wenn er damit ein wenig Geld und Anerkennung verdient, um so besser. Die Fabrik? – Wir passen da beide nicht hin. Irgendwie scheinen wir verwandt zu sein miteinander. Was ich befürchtet habe, ist nicht eingetroffen. Er war an diesem Abend kein Spielverderber, hat mich nicht im Schatten stehen lassen und sich selber in die Sonne gesetzt. Er hat mich gesehen, wollte mich sehen, hat mir zugenickt. Wir waren Kollegen und sind es hoffentlich immer wieder.

Als der Kuckuck aus der hölzernen Wanduhr elf Mal Kuk-kuck schrie, stand der Hollewirt in seiner ganzen Größe und Breite auf, klatschte in die Hände und rief: Meine Herrschaften, genug für heute! Justus hat einen Imbiss verdient, wir räumen auf. Ich wünsche allen eine gute Nacht.

Anstandslos verzogen sich die Leute, waren zufrieden, denn sie hatten einen schönen Abend erlebt.

Justus ließ es sich wohl sein bei seinem Waldfest und einem kühlen Bier. Es störte ihn keineswegs, dass sich Alois und Jöri noch zu ihm setzten. Im Gegenteil, er liebte es, seinen Sohn bei sich zu haben in dieser entspannten Atmosphäre. So ganz anders als zu Hause.

Hat's euch gefallen?

Ja, Vater, es war schön. Du hast einen großen Liederschatz in dir.

Das kommt von früher, als ich Tanzmusik spielte.

Rosalia, damit beschäftigt, Gläser zu spülen, drehte sich beim Wort „Tanzmusik" um. Justus, wenn ich hier fertig bin, spielt ihr mir dann noch einen....

Die große Berta, sie hieß nun mal Frau Holle, schüttelte den Kopf. Nein, nein, Schluss jetzt!

Doch Justus zwinkerte Rosalia zu. Sie verstand seine Sprache und als er gegessen hatte, nahm er seine Handorgel und spielte für Rosalia einen Walzer. Sie tanzte ihn mit Jöri. Justus hatte es gewusst, denn Liebe spürt man durch alle Böden hindurch – Und Alois? Er sah ihn mit Berta tanzen. Sie strahlte übers ganze Gesicht. Sah auf einmal viel jünger aus.

Was an einem Tag geschah

Alois hatte Jakobs Werkstatt nun für sich eingerichtet. Nur einen Tag hatte er dazu gebraucht. Schon am nächsten Morgen sagte er zu Luise, die draußen auf dem Land arbeitete: Ich geh jetzt.

Du gehst....?

Ja, ich gehe zu einer Besprechung ins Lehrerseminar, so, wie du es mir geraten hast.

Machs gut, Alois. Viel Glück!

Das kann ich wohl brauchen. Tschau!

Luise schaute ihm nach. Und es ging ihr vieles durch den Kopf. Hätte er nicht doch die Haare schneiden, sich so kleiden sollen, wie man es eben für einen besonderen Anlass tut? – Nein, es geht dich nichts an! Mach keine Fehler, Luise. Hock aufs Maul! Du bist für deine Setzlinge verantwortlich, nicht aber für diesen jungen Mann, der auf seine Art selbständig werden will. Tief in dir hörst du ja noch immer die Stimme deines Vaters: Theo, so ungepflegt, wie du daher kommst, wirst du keinen Erfolg haben in Amerika. Wirst auch keine Frau finden.

Schon gut, Vater. Schau du für dich und ich schau für mich. Und dann ging er. Und weil er kein Geld hatte, ließ er sich auf dem großen Überseedampfer als Küchenjunge anstellen.

– Er fand sich zurecht im Land der unbegrenzten Möglichkeiten.

Vor seiner Schifffahrt hatte er sich aus der Bauernzeitung, die sein Vater las, eine Adresse ausgeschnitten. Die Adresse der history farm. – Ein historischer Bauernhof? – Jedenfalls etwas, das ihn mächtig anzog. Er trug die Adresse mit sich im Portemonnaie und er konnte die Farm ausfindig machen. Der Arbeitsplatz gefiel ihm und die Leute dort mochten ihn.

– Das stand alles in den Briefen, die er seiner Mutter schrieb.

– Von Zeit zu Zeit schickte er Luise eine Karte. Auf der ersten Karte stand: Komm mich einmal besuchen. – Luise war empört. Wie stellte er sich das vor? – Sie war zu Hause die Magd, half den Eltern, so viel sie nur konnte. Und sie ging noch zur Schule und sie hatte kein Geld. – Jahre später schrieb der Bruder: Komm bald. Ich habe eine liebe Frau gefunden. Wir sind glücklich verheiratet. – Und noch später stand auf einer Karte: Wir haben ein Kind. A sweet little girl. Du musst es sehen. Wir erwarten dich.

Luise hatte nie geantwortet. Sie hätte ja schreiben müssen: Ich hab die Plackerei in Stall und Haus und auf dem Feld satt. Ich wäre so gerne noch länger zur Schule gegangen. In die Sekundarschule, um Sprachen zu lernen. Du hast mich einfach im Stich gelassen.

Damals, als Theo weggegangen war mit sechzehn Jahren, hatte es ihr beinahe das Herz gebrochen. Sie hatte keine Geschwister außer ihm. Sie war nun allein mit den Eltern, die in Arbeit zu ersticken drohten. Mit wem sollte sie in Zukunft reden? An wen die vielen Fragen stellen, die noch unbeantwortet waren in ihrem Leben?

In jener bruderlosen Zeit hatten ihre Selbstgespräche angefangen. Nun gehörten sie zu ihr. Und in jener bruderlosen Zeit war sie Jakob begegnet. Er war ein zufriedener, aber kein gesprächiger Mann. So fuhr sie fort, mit sich selber zu reden. Sie sprach mit den Dingen, den Tieren und den Pflanzen, von denen sie umgeben war.

Amerika war für sie unendlich weit weg. Wie sollte sie je dorthin gelangen? Fliegen oder in ein uferloses Wasser hinausfahren? Ihr graute vor beidem.

Bruder, du bist zu weit weg. Denke ich heute an dich, weil Alois auch etwas an sich hat von einem Weltenbummler? – Dort kommt ja unser Briefträger Franz.

Es ist ein Brief da für dich, Luise. Ein Brief mit interessanten Marken. Luise stand auf aus ihrer gebückten Haltung.

Der Rücken tat ihr weh. Schon seit längerer Zeit hatte sie diese Rückenschmerzen. Sie wischte die Hände ab an der Schürze, ging Franz entgegen und nahm ihren Brief in Empfang. Sie wusste: Er ist von Theo.

Hat dein Bruder geschrieben?

Ja, hab eben an ihn gedacht.

So etwas kann vorkommen. Ist mir auch schon passiert. Gedankenübertragung. Weißt du eigentlich immer, wer wem schreibt? Kennst wohl die verschiedenen Handschriften.

Mehr oder weniger. Aber weißt, von Hand schreiben kommt aus der Mode. Maschinenschreiben und telefonieren ist in. Und wer weiß, was noch alles auf uns zukommt in dieser verrückten technischen Welt!

Eigentlich schade um die Handschriften.

Find ich auch. Das Persönliche geht immer mehr verloren. – Also, schönen Tag noch, Luise.

Leb wohl, Franz. Hier, die Briefmarken, die kannst behalten. Weiß ja, dass du eine Sammlung hast.

O, danke! – Sie sind wirklich ganz toll.

Luise setzte sich mit dem Brief auf die Holzbank und wärmte ihren Rücken an der sonnenbeschienenen Hauswand. Zu ihrer Überraschung kam ein großes Foto zum Vorschein aus einem großen Umschlag. „Our family" stand auf der Rückseite. – Luise betrachtete das Foto. Eine strahlende Familie lachte sie an. – Hast dir eine hübsche Frau ausgesucht. Und hier, kann das sein: Drei Kinder! Ein Mädchen und zwei Buben: Mary, James, Peter. Schöne Namen und schöne Kinder. Mensch, wer hätte das gedacht. So schnell vergeht so viel Zeit und ich hatte dich aus meinem Leben gestrichen, wollte dich vergessen. Du hast mich, so jung, wie ich damals noch war, einfach hocken lassen mit müden, traurigen Eltern, die deine starken Arme so sehr gebraucht hätten. – Nun sind Vater und Mutter längst tot und haben deine Familie nie gesehen. Willst du mit diesem Foto mein verstocktes

Herz erweichen, meinen Widerstand brechen? – Hab mir doch geschworen, nicht nach dir zu fragen. Auf deinem Foto schaust du mich an und ich erkenne dich wieder.

Plötzlich, mitten im Nachdenken über den Bruder, ein Schrei in der Luft. Ein durchdringender Schrei. – Luise sprang auf. Ihr war, als hielte die Landschaft den Atem an. Die Zeit schien still zu stehen. Luise sah Bruno über die Wiese zur Straße hin rennen. Wie ein Pfeil schoss er davon. Auch seine Eltern rannten zur Unglücksstelle. Und Luise rannte. Auf der Straße lag ein blutüberströmter Mensch neben einem umgekippten Töff. – „Mama, Mama, vieni!" – Bruno kniete als Erster neben dem jungen Mann. Blut floss aus seinem Mund. Die Augen hatte er geschlossen. Bruno rief verzweifelt: E morto? Nein, sagte Luise, er lebt. Keine Angst, Bruno, er atmet. Ich spüre seinen Puls.

Luisa, du kennen Mann? Fragte Theresa.

Ja, es ist Jöri, der Kaminfeger.

Ich Kissen, Decke holen? – Theresa rannte ins Haus.

Luise drehte den Verunglückten zur Seite. Sie hatte im Samariterkurs gelernt, dass bewusstlose Menschen nicht auf dem Rücken liegen bleiben dürfen.

Reto fuhr seinen Lastwagen auf die Straße. Alles ging blitzschnell. Drei handlungsfähige Menschen brachten Jöri in kürzester Zeit ins Spital, wo er auf der Intensivstation verarztet wurde.

Die Castaldis saßen mit Luise auf weißen Stühlen in einem weißen langen Korridor und warteten und warteten. Endlich kam der Oberarzt und gab Bescheid: Jöri, unser Kaminfeger, hat Glück gehabt im Unglück. Er hat das Nasenbein gebrochen, zwei Zähne eingeschlagen, am übrigen Körper ist er mit Schürfungen davongekommen. Wir behalten ihn hier für ein paar Tage. Schon morgen können sie ihn besuchen. Dann verabschiedete sich Doktor Fehrlin.

An Bruno, der als Erster neben Jöri gekniet hatte, war das

blutige Ereignis nicht spurlos vorbeigegangen. Es hatte ihm buchstäblich die Sprache verschlagen. Wie versteinert saß er zwischen seinen Eltern. Theresa wollte ihn streicheln. Er ließ es nicht zu. Sie redete mit ihm. Er gab keine Antwort.

Auch Luise suchte ihn zu trösten: Keine Angst, Bruno, Jöri wird bald wieder gesund sein.

He, Bruno! Sein Vater strich ihm übers Haar. Auch er wollte ihn möglichst schnell wieder so haben, wie er gewesen war. Bruno reagierte nicht, sah den Vater nicht an. Sie fuhren alle stumm nach Hause. Zum Glück, zum großen Glück ist Alois da, dachte Luise, als sie ihn unter der Haustüre stehen sah.

Ist irgend etwas passiert? fragte er.

Luise nickte.

Komisch: Ich hab's gespürt. Feld und Haus lagen verwaist da, als ich vom Seminar zurückkam. Ist etwas mit... mit Jöri?

Ja.

Ist er...?

Nein, er ist nicht tot. Und auch nicht schwer verletzt. Er hatte einen Töffunfall. Wie es dazu kam, weiß ich nicht. Das muss er dir selber sagen. Wir hörten nur einen Schrei. Wir rannten zur Straße hin, sahen ihn dort liegen und brachten ihn ins Spital. – Doch ein Unglück kommt selten allein.

Was meinst du damit?

Als Bruno den bewegungslosen, blutenden Jöri auf der Straße liegen sah, muss er einen Schock erlitten haben. Er spricht nicht mehr. Mit niemandem. Er gibt keinerlei Zeichen von sich, kann nicht weinen, ist völlig blockiert. – Kann sich sein Zustand wieder lösen, Alois?

Es macht dir Angst. Ich spür's, Luise. Aber wie soll ich das wissen?

Hab auch Angst um Bruno und bekomme weiche Knie, wenn ich an Jöri denke. – Komm, lass uns einen Tee trinken!

Sie saßen lange in der Küche. Luise zeigte Alois das Foto von ihrem Bruder. Sie sprachen über Brüder und Väter. Sie sprachen über Jöri und Bruno. Dann schwiegen sie wieder. Sie waren froh um einander und Luise freute sich trotz allem, dass Alois im Seminar nicht abgewiesen worden war, wie er befürchtet hatte.

Geduld

Auf all den kommenden, üppigen Frühlingstagen lag ein Schatten. Trauer und Angst um Bruno. Er blieb stumm, aß kaum, spielte nicht, sprang nicht herum wie sonst, lebte in einer abgeschiedenen Welt, zu der niemand Zutritt hatte. Was immer Erwachsene vorschlugen: Bruno reagierte nicht. Was war nur mit ihm geschehen?

Alois hätte ihn gerne mit in den Wald genommen. Komm, Bruno, komm mit! Ich mach Büscheli im Wald. Muss noch ein wenig Geld verdienen. Kannst auch Büscheli zusammen binden und sie verkaufen. Ganz kleine Bürdeli. Das Eichhörnchen schaut dir vielleicht zu. Und die Vögel, – ich sag dir, – die machen einen wunderbaren musikalischen Lärm. Hoch oben in den Baumwipfeln pfeifen sie um die Wette. Im Wald ist es überhaupt nicht dunkel. Müsstest keine Angst haben. Die Buchenblätter sind um diese Jahreszeit zart hellgrün und die Sonne scheint durch sie hindurch. Ich würde dir zeigen, wo die Veilchen wachsen, die Anemonen und die Maiglöckchen. Könntest deiner Mama ein Sträußchen mit nach Hause bringen.

Beim Wort „Mama" schaute Bruno, der mit hängendem Kopf auf der Türschwelle des Gutshofes saß, Alois an, als wollte er etwas sagen. Für einen kurzen Moment erhellte sich sein Gesicht.

Jetzt, jetzt schafft er es, dachte Alois. Am liebsten hätte er Bruno in seine Arme geschlossen. Doch er wusste: So geht es nicht. Wir müssen diesem Kind Zeit lassen. Die Umarmung eines Erwachsenen kann auch ein Gefängnis sein. – Ich habe immerhin den Schimmer eines Lächelns gesehen auf seinem Gesicht. Wenn er eines Tages den geheilten Jöri antrifft und dafür werde ich sorgen, hat die Depression zu verschwinden. Ich will, dass dieses grausame Gespenst den

Jungen wieder loslässt. Die Castaldis, Luise, wir alle leiden mit. Die Welt ist nicht mehr in Ordnung.

Wieder saß Bruno mit hängendem Kopf auf der Türschwelle. Alois verabschiedete sich von ihm und ging in den Wald. Er hatte längst den Platz gefunden, der sich zum Büschelimachen eignete. Es war eine Art Rondell, eine kleine, ebene Waldlichtung, umstellt von hohen Buchen, in denen das Sonnenlicht spielte. Er hatte von hier oben einen weiten Ausblick ins Tal.

Mit eiserner Entschlossenheit machte sich Alois an die Arbeit. Bis zur Aufnahmeprüfung im kommenden Frühjahr war Holzsammeln, klein hacken und zusammenbinden sein Broterwerb, denn er brauchte unbedingt Geld. Und er musste unbedingt Französisch lernen. Der Rektor des Seminars hatte ihm ein dickes Buch mitgegeben: „La langue française." – Er hatte es immer bei sich, hämmerte sich Wörter und Grammatik in den Kopf, konjugierte Verben, lernte ganze Lektionen auswendig und sang auch schon Lieder, die im Buch vorkamen. Sein Lieblingslied „Nous étions trop heureux mon amie, nous avions trop de joie dans la vie" machte ihn immer ein wenig traurig. Wer war denn seine amie, seine Liebste? – Es gab ja keine. – Rosalia? – Pech gehabt, die hat der Jöri sich geschnappt. Muss ihm wohl glauben, was er mir kurz vor seinem Unfall geraten hat: „Geduld, Alois, Geduld bringt Rosen!" – Ja, ja, Jöri, hab's verstanden. Auch du musst dich nun ein wenig gedulden.

Luise besucht Klara

Seit Luise nun auch in ihrem Haus telefonieren und Radio hören konnte, fühlte sie sich weniger einsam und sie fühlte sich verbunden mit der ganzen Schweiz. Ihre kleine Welt öffnete sich, wurde weiter, ging über die Kantonsgrenzen hinaus. Das gefiel ihr.

Es war Reto gewesen, der, kaum eingezogen im Gutshof, Luise dazu ermuntert hatte, anzuschaffen, was doch tutti quanti haben müsse, was zum heutigen modernen Leben einfach dazu gehöre: Telefon, Television, Radio. Luisa, du nicht sein so altmodische Frau! – Nein, das wollte sie nicht sein. Ein Fernseher kam nicht in Frage. Ihn wies sie weit von sich. Doch mit ihrem Radio schloss sie dicke Freundschaft. Sie trug das kabellose Kästchen immer mit sich. Es war für sie ein Wunder und etwas völlig Unerklärliches, dass aus drei kleinen Batterien Musik und Sprache ertönte. – Sie lernte die verschiedenen Programme und Stationen kennen. Nicht alles gefiel ihr, nicht alle Stimmen mochte sie. Sie entwickelte ihren ganz eigenen Geschmack. Ländlermusik in den frühen Morgenstunden fand sie total daneben. Beim Erwachen hörte sie den Vögeln zu. Vogelgesang war für sie etwas Heiliges und Heilendes. Abends war ihr Volksmusik aus dem Radio ebenfalls zuwider. Die gehört nun einmal ins Freie, am liebsten unter den Sternenhimmel oder in ein gemütliches Lokal. Dazu müsste ich tanzen und die Musikanten sehen können, so, wie es einmal war in meinem jungen Leben. Vom Telefon hatte Luise bisher noch wenig Gebrauch gemacht. Nach Jöris Unfall wurde ihr allerdings bewusst, dass der kleine schwarze Apparat an der Wand neben dem Küchenschrank, irgend einmal Hilfe, vielleicht sogar Rettung bedeuten könnte.

Mörli strich Luise um die Beine, als sie das Telefonbuch zur Hand nahm und darin blätterte. Luise hatte im Sinn, sich bei Klara anzumelden für einen kurzen Besuch.

Mörli, wenn dieses Buch reden, und erzählen könnte, wer sie alle sind, die vielen Menschen mit ihren Namen und Nummern! Wir würden die unglaublichsten Geschichten erfahren! Hier: Sie fuhr mit dem Mittelfinger den Sch-Buchstaben nach. Sche, Schi, Scho...Schuhmacher. Wie hat Klara ledig geheißen, als sie noch Gouvernante war? – Passt der Name Schuhmacher zu ihr? So etwas Handfestes? – Ich heiße Baumberger. Heiße gern so, weil der Name stimmt. Bin bei den Bäumen oben auf dem Berg. – Luise stellte Klaras Nummer ein: 071/41247.

Schuhmacher. – Wer ist da?

Ich bin's, Luise. Grüß Gott Klara. Ist es dir recht, wenn ich dich besuche heut Nachmittag?

Ja, komm nur, freu mich. Leb wohl.

Kein Wort zuviel. So war es immer, dachte Luise. Dann sah sie ihre Katze an und hatte plötzlich ein merkwürdiges Gefühl. – Mörli, könnte es sein, dass du nicht ganz unschuldig bist an Jöris Unfall? Und wenn dem so ist, dann hilf. Hilf dem kleinen Bruno, dass er aus seiner Depression herauskommt. Geh zu ihm, geh! – Luise öffnete die Türe. Mörli spazierte hinaus. – Sie hat's verstanden und ich mach mich auf den Weg, sonst ertrinke ich in der ständigen Angst um das Kind, auch wenn es nicht mein Kind ist.

Der Weg hinunter nach Rorschach schien Luise diesmal beschwerlich und lang. Der Rücken tat ihr weh. Sie fühlte sich den Schmerzen ausgeliefert wie nie zuvor und war froh, als sie bei Klara ankam und sich setzen konnte. Der Tisch, das heißt die Hälfte des Tisches war gedeckt. Zwei Blümchentassen, zwei Teller standen bereit. Auf jedem Teller ein Nussgipfel.

Schönes Geschirr. Hast du es bemalt?

Natürlich, wer denn sonst! Du siehst ja, mein Malzeug versperrt überall den Platz. Es sieht hier immer aus wie in einer Werkstatt. Die Wohnung platzt aus allen Nähten. Wünsche mir schon lange ein eigenes Revier. Lass uns jetzt Kaffee trinken. – Klara schenkte Kaffee ein aus einem gläsernen Krug. – Schmeckt dir der Nussgipfel? Er ist aus der Bäckerei Schmied.

Ja, ich finde ihn prima. – Wo sind eigentlich deine Kinder?

Wie bitte? Ausgerechnet du stellst diese Frage! Bist doch bestens orientiert. Hast dir ja eines meiner Kinder geangelt.

Du meinst wohl Alois? In meinen Augen ist er ein selbständiger junger Mann, geht eigene Wege und ich habe...

Ja, ja, du hast dem selbständigen Mann, meinem Herrn Sohn, alles eingefädelt und alles hinter meinem Rücken. Er soll neuerdings Lehrer werden, geht nicht mehr in die Fabrik, bringt keinen Rappen Geld nach Hause. Wahrscheinlich kommst du hierher, weil du ein schlechtes Gewissen hast.

Ich habe kein schlechtes Gewissen, aber ich würde gerne mit dir reden.

Es gibt nichts mehr zu reden, Luise. Lass in Zukunft die Finger von meiner Familie. Sie geht dich nichts an. Hast es endlich kapiert?

Nein, ich versteh's nicht. Junge Menschen gehen uns alle, gehen auch mich etwas an. Ich nehme mir tatsächlich das Recht, Alois zu ermuntern, eine Ausbildung zu machen.

Es kostete Luise Kraft, dies zu sagen und Klara hatte schon ihre Antwort bereit.

Weil du nichts gelernt hast, machst jetzt so ein Theater.

Nenne es, wie du willst. Ich kämpfe dafür, dass Jugendliche, seien sie arm oder reich, ein Recht haben auf Bildung.

Du ewige Besserwisserin!

Luise hielt sich an der Tischkante fest. Ihr wurde plötzlich schwindlig. Alle Wörter, die Klara ihr einhämmern wollte, drehten sich in ihrem Kopf, immer schneller, immer quälender. „Meine Familie. Nicht deine. Meine. Sie geht dich nichts an. Nichts. Lass die Finger von ihr. Hörst du's? Was hab ich falsch gemacht? Die Familie? Ich weiß, ich darf nicht. Was hat sie gesagt? – Nein, mit Alois nicht. Lass die Finger von....Wo ist Klaras Gesicht? – Was ist oben, was unten? – Was hat sie gesagt? Lass die Finger, ..die..was?"

Luises Gesicht wurde schneeweiß. Klara erschrak. Sie stand auf, legte ruhig ihre Hände auf Luises Schulter. Ist dir nicht gut? Was hast denn?

Weiß nicht. Hatte noch nie einen Schwindelanfall. Muss dringend aufs WC. Bitte begleite mich.

Klara stand lange vor der Clotüre, und als Luise herauskam, war sie ganz steif und noch blasser.

O Gott, Luise! Komm, setz dich. Sag endlich, was du hast.

Mein Körper funktioniert nicht mehr. Meine Beine. Ich spür sie kaum. Sie sind wie Blei. Der Rücken bricht. Ich hocke auf dem Clo. Es kommt kein Tropfen. Was bedeutet das? Was macht mein Körper mit mir?

Luise legte ihren Kopf in die Arme auf dem Tisch und weinte.

Da wusste Klara: Es steht nicht gut um Luise. Ich muss handeln. – Sie bestellte ein Taxi und fuhr mit Luise ins Spital. – Der Zufall oder ein gnädiges Schicksal wollte es, dass Docktor Fehrlin durch den langen weißen Korridor auf Luise, die an Klaras Arm kaum mehr gehen konnte, zukam. – Sie, Frau Baumberger? – Er kannte die Bevölkerung und die Leute kannten ihn und liebten ihn.

Was ist denn passiert? – Kommen Sie, setzen Sie sich und erzählen Sie. – Luise schilderte ihre Rückenschmerzen, die sie nie ernst genommen hätte und nun dieser Schock auf dem WC.

Gut, haben Sie diesen Schock ernst genommen. Wir müssen nämlich handeln. Es gibt eine Notoperation. – Frau Schuhmacher, ich danke Ihnen, dass Sie sich eingesetzt haben für Ihre Freundin.

Freundin? – Freundin hatte er gesagt? – Dieses Wort begleitete Luise bis in die Narkose hinein.

Im Spital

Mitten in der Nacht erwachte Luise aus einem dumpfen, bleiernen Schlaf. Sie spürte augenblicklich, dass sie in einer fremden Umgebung, in einem fremden Bett lag. Ihr Körper fühlte sich an, als würde er gar nicht zu ihr gehören. Ein unbeweglicher Fremdkörper. Noch bevor sie sich orientieren und Geschehenes in ihr Gedächtnis zurückholen konnte, hörte sie in der Dunkelheit eine Stimme.

Habe ich Sie geweckt?

Von wo kam diese Stimme?

Geweckt? – Ich weiß nicht. Wo bin ich?

Sie sind im Spital. Gestern wurden Sie operiert. – Ich bin Heinz, Ihr Nachtpfleger und ich zünde nun die Nachtlampe an, damit ich Sie von der rechten auf die linke Seite betten kann.

Heinz trat an ihr Bett. Sie sah sein Gesicht. Ein junges schönes Gesicht. Sorgfältig drehte er Luise um. Wenn es Tag wird, Frau Baumberger, werden die Schwestern Sie wieder umdrehen. Das passiert dann alle paar Stunden, damit Ihr Rükken sich immer wieder erholen kann. Haben Sie Durst, möchten Sie etwas trinken?

Ja, bitte.

Heinz brachte ihr eine Tasse Lindenblütentee. Er hob ihren Kopf, stützte sie im Nacken, gab ihr ein Röhrchen zum trinken. Seine warme breite Hand gab ihr Halt. Trotzdem hatte sie Angst. – Noch nie im Leben hat mich jemand stützen müssen. Bin ich denn so elend dran? Werde ich eines meiner kostbarsten Güter, die Beweglichkeit, werde ich sie verlieren? – Heinz, darf ich Sie etwas fragen?

Ja, natürlich.

Werde ich wieder gehen können? – Ich meine, ganz normal, wie früher?

Ganz bestimmt, Frau Baumberger. – Er legte ihren Kopf zurück ins Kissen. – Es dauert halt eine Zeit. Aber es wird ihnen geholfen. Wir haben gute Therapeutinnen. Ich lösche nun das Licht. Schlafen Sie noch ein wenig, wenn Sie können. Und haben Sie Vertrauen.

Vertrauen. Was meint er damit? Ist es nur ein schön daher geredeter Satz? – In wen soll ich Vertrauen haben? In mich oder in die ärztliche Kunst? In die Therapeutinnen? Und alles, der ganze Heilungsprozess, soll lange dauern – lange? Geduld haben mit andern, das kann ich, aber mit mir selber bin ich ungeduldig, war es immer, schon als Kind. Es musste alles schnell gehen, sonst wäre ich mit der vielen Arbeit nie fertig geworden. Und ich wollte doch für mich ein wenig Zeit schinden. Zeit zum Spielen? – Nein. Eher Zeit zum Verweilen, zum Träumen, Lesen und Nachdenken. – Vielleicht kann ich jetzt nachholen, was mir bis jetzt gefehlt hat: Eigene Zeit. Dann wäre Spitalzeit geschenkte Zeit? – Ach, Quatsch! – Ich liege da wie ein Klotz, fühle mich als Krüppel und vielleicht werde ich ein Krüppel bleiben. Schrecklicher Gedanke. Ich will wieder hinaus aufs Land zu den Castaldis. Muss unbedingt wissen, wie es Bruno geht. Und was machen die Katzen, die Blumen, die Setzlinge? Wie geht es Jöri und Alois? Ihm sollte ich bei seinen Aufgaben helfen, Texte diktieren und korrigieren. Weiß er überhaupt, wo ich bin? Hat es ihm jemand gesagt? Vielleicht Klara?

Luise wurde immer unruhiger. Die vielen Bilder, zusammengewürfelt aus Vergangenheit, Gegenwart und ungewisser Zukunft stritten sich untereinander in ihrem Kopf. Sie konnte sich weder Mut noch Vertrauen zusprechen. Zum ersten Mal in ihrem Leben fühlte sie sich wehrlos allen Winden ausgesetzt.

Plötzlich drangen tief vertraute Töne an ihr Ohr. – Höre ich recht, eine Amsel? Mitten in meinem Elend singt sie mir ein Lied in der frühesten Morgenstunde. Sie muss ganz in meiner Nähe sein.

Luise konnte hinausschauen. Spitalfenster sind riesig und ihr Bett war nahe beim Fenster. – Sie sah im frühen Morgenlicht einen großen Baum.

Hoch oben im Wipfel wird er sein, der Amselmann, und er will zeigen, was er kann. Er verteidigt sein Revier und wir Menschen sagen, die Vögel sängen zur Ehre Gottes. Es wird wohl beides sein. Der liebe Gott hat überall seine Hand im Spiel. – Luise malte sich aus, wie es wäre, wenn eine emanzipierte Amselfrau sich den Platz hoch oben im Baum erobern und ihr Lied in den Tag hinaus schmettern würde. Hätte sie dann Krach mit ihrem Mann? – Luise musste lachen. Ihr Körper entspannte sich. Der Vogelgesang gab ihr Ruhe und sie schlief ein.

Morgens um sechs wurde sie geweckt. Eine junge, bildschöne Krankenschwester stand an ihrem Bett.

Ich bin Claudia. Guten Morgen, Frau Baumberger. Hier, das Thermometer. Sie können ruhig weiter schlafen. Wir kommen später.

Luise nickte, schaute die Schwester verklärt an, weil sie wirklich sooo schön war. Dann sah sie, weiter schlafend, nur noch Claudias Füße in weißen Turnschuhen über Hügel laufen. – Ein schönes Traumbild. Sie nahm es mit in den Tag hinein. Und jedesmal, wenn sie Claudia von nahem oder von weitem sah, erschienen auch die sanften grünen Hügel und glänzten in der Sonne.

Bilder und Klänge, die Sorgfalt der Schwestern, das Lachen der Putzfrau am Morgen und ihre Späße waren eine Wohltat für Luise.

Schon in der fünften Nacht spürte Heinz, dass es ihr besser ging.

Sie machen Fortschritte, Frau Baumberger.

Das denke ich auch. In der ersten Nacht sprachen Sie zu mir vom Vertrauen haben und ich hatte keines, in niemanden, fühlte mich nur noch als Krüppel. Jetzt habe ich Vertrauen in

Doktor Fehrlin, in Sie, in die Schwestern. Alle helfen mir. Ich bin dankbar.

Möchten Sie auch Besuch haben? Soll ich den Arzt fragen, ob wir das Besuchsverbot aufheben dürfen? Draußen an ihrer Türe hängt eine Tafel, auf der geschrieben steht: Bitte keine Besuche. Fühlen sie sich in der Lage, Leute um sich zu haben oder sollen wir noch etwas warten? Noch zwei Tage? Dann ist die Woche voll.

Ja, noch zwei Tage, sagte Luise. Und nun sah sie voller Erwartung den kommenden Tagen entgegen.

Sonntag

Die Glocken läuteten den Sonntag ein. Luise hätte sich für diesen Tag ein schöneres Hemd als das Spitalhemd gewünscht. Falls Besuch kommt: Wie schau ich nur aus! Ich wollte, ich könnte mein eigenes Hemd herbeizaubern. Das Lavendelblaue mit der weißen Spitze um den Halsausschnitt. Es liegt in der Kommodenschublade und rührt sich nicht! In ihm würde ich mich besser fühlen. Es hat wenigstens einen Hauch Romantik an sich. Aber so: dieses Beinahe-Totenhemd, wo ich doch wieder lebendig sein möchte!

Guten Morgen, Frau Baumberger.

Claudia brachte das Frühstück. Auf dem Tablett stand neben dem Kaffeekrug ein winziger Strauß in einem winzigen Medizinglas.

Sie bringen mir Blumen, Wiesenblumen?

Ja, ein Sonntagsgruß. Auf meinem Weg zum Spital komme ich an einer Wiese vorbei und konnte nicht widerstehen, musste einfach eine handvoll Blumen pflücken für meine Patienten. – Möchten Sie heute den Gottesdienst besuchen, Frau Baumberger?

Luise wusste nicht, was sie sagen sollte.

In diesem Hemd?

Ich weiß, Spitalhemden sind nicht schön. Ich würde sie auch nicht gerne tragen. Aber ich kann Ihnen sagen: Es lohnt sich, dem jungen Vikar zuzuhören. Ich zum Beispiel wusste nicht, dass biblische Geschichten so spannend sein können und so unmittelbar mit unserem gegenwärtigen Leben etwas zu tun haben.

„Geschichten", das klang bei Luise an und sie entschloss sich augenblicklich für den Gottesdienst. Heinz fuhr sie im Bett mit dem Lift hinunter ins Parterre. Dort fand in einem hellen großen Saal der Gottesdienst statt. Luise kam zuerst gar nicht aus dem Staunen heraus. Noch vier andere Patienten lagen in ihren Betten. Nur sie allein durfte sich ein wenig aufrichten und hatte so die Möglichkeit, in die Runde zu schauen. Irgendwie kam sie sich vor wie in einer Komödie. Wenn es nicht zum Heulen wäre, müsste ich lachen! Die Patienten in den bunten Bademänteln sehen ja aus wie Papageien. Seltsam, diese Mischung von Gesunden und Kranken. Die Gesunden alle in Weiß, die Kranken farbig und weiß verbunden, weiß gegipst. Und der Vikar ein schwarzer Rabe. – Er breitete seine schwarzen Flügel aus und begrüßte die zusammengewürfelte Gemeinde: Seien sie alle herzlich willkommen. Wir singen das Lied Nummer 47.

Heinz brachte jedem Bett- und Rollstuhlpatient ein Gesangbuch.

Das Lied 47, sagte Vikar Eberle, beginnt mit einer Dreiklangmelodie. Sie hat etwas Strahlendes an sich. Aufbruchstimmung. Und die Worte von Paul Gerhard unterstützen diese Stimmung: „Du meine Seele singe, wohlauf und singe schön". – Ich spiele Ihnen zuerst die Melodie auf meiner Posaune, dann singen wir alle fünf Strophen miteinander zur Gitarre. – So geschah es. Ein musikalisches Fest. Luise schämte sich ihrer Tränen nicht. Sie kamen einfach, überschwemmten sie und befreiten sie von den Ängsten vergangener Nächte.

Kann jemand etwas beifügen zum Text, den wir gesungen haben? fragte der Vikar und stellte sich hinter sein Stehpult.

Ja, Herr Vikar, ich.

Sie, Schwester Claudia?

Die fünfte Strophe des Liedes gefällt mir nicht. Da heißt es: „Ach, ich bin viel zu wenig, zu rühmen seinen Ruhm." – Warum soll meine Art, wie ich rühmen, preisen und ihn loben kann, zu wenig sein? – Dann heißt es weiter: „der Herr allein ist König, ich eine welke Blum." – Da komm ich mir, besonders als Frau, minderwertig, recht schäbig vor. Ich will eine blühende Blume sein. Kann er sich daran nicht freuen, der Herr oder unser Gott oder wie er genannt sein will? – Wie kommt der Liederdichter auf die komische Idee, uns als welke Blumen hinzustellen?

Sie haben völlig recht, Schwester Claudia. Ich verstehs eigentlich auch nicht.

Luise verstand etwas anderes, ihr ging ein Licht auf. Sie entdeckte, was sie bisher nicht gesehen hatte: einen winzigen Wiesenstrauß in einem winzigen Medizinglas auf dem Stehpult des Vikars. Hat Schwester Claudia Feuer gefangen für einen Mann, der es wagt, unkonventionell Gottesdienst zu halten? – Was sagte sie heute Morgen zu mir? – Sie hätte einfach eine handvoll Blumen pflücken müssen für ihre Patienten. – Wenn wir lieben, sind wir großzügig und schenken nach allen Seiten.

Luise, versunken in eigene Gedanken, hörte erst gar nicht zu, wie der Gottesdienst weiterging. Doch plötzlich war sie hell wach. Vikar Eberle las einen Text, der ihr bekannt vorkam und als sie genau hinhörte, war es die Geschichte von König Salomo (1. Könige, Kapitel 3, Vers 16–28)

Ein weiser Richter, dachte Luise, wie er das Problem der beiden Frauen, die sich um ein Kind streiten, löst. Durch Weisheit wird Liebe transparent und hat dann nichts mehr zu tun mit Besitzanspruch. – Ich wollte, ich könnte mit König Salomo reden, ihm sagen, dass ich Alois nicht seiner Mutter wegnehmen will. Er gehört nicht mir, ganz und gar nicht, und er ist auch nicht der Besitz seiner leiblichen Mutter. Er gehört sich selber, muss seinen eigenen Weg gehen. Ich wollte ihn einfach daran erinnern, dass er begabt und fähig ist, das Lehrerseminar zu machen. Ich biete ihm Wohnraum an, das ist wahr. Und ich helfe ihm bei den Aufgaben, denn ich weiß aus eigener Erfahrung, wie ein junger Mensch dasteht, wenn er seinen geistigen Hunger nicht stillen kann. – Ist es zu viel, was ich anbiete? Ist es Einmischung? – König Salomo, wie siehst du es? – Du musst wissen: Alois hat die Intelligenz seiner Mutter, aber auch die träge Seite seines Vaters in sich. Die Lust am Träumen. Sag mir, wäre es nicht jammerschade um den jungen Mann, wenn er ....

Frau Baumberger, hat es Ihnen gefallen?

Ach, Sie sind es, Heinz? Ist denn der Gottesdienst schon zu Ende?

Ja, wir haben das Schlusslied gesungen und das Vaterunser gebetet.

Und ich bin immer noch bei König Salomo. Hab einfach mit ihm reden müssen.

Mit Vikar Eberle lässt sich auch gut reden, falls Sie ein Problem haben. Jetzt gibt es Mittagessen und am Nachmittag ist Besuchszeit.

Luise erwachte wie aus einem Traum. Sie ließ sich von Heinz ins Zimmer fahren, aß ihre Frikadelle, Kartoffelbrei, Salat, zum Nachtisch eine Aprikosencreme und fiel dann in einen tiefen Schlaf.

Es mochte etwas mehr als eine Stunde vergangen sein, da hörte sie eine Stimme sagen: Luisa, Luisa, und jemand rüttelte ganz sachte an ihrem rechten Arm.

Luisa, du aufwachen!

Sie schlug die Augen auf und sah, o Wunder, sie sah in Brunos Gesicht. Es war kein Traum, es war Wirklichkeit. Sie konnte es kaum fassen.

Bruno, Theresa, Reto, Jöri und Alois, alle standen sie an ihrem Bett. Beim Anblick des geheilten Kindes und dem wieder hergestellten Jöri liefen ihr Freudentränen über die Backen.

Luisa, du nicht weinen. Ich dir erzähle vom Reh. Papa es gefunden im Gras. Verletzt. Mama es gepflegt. Bleibt noch bei mir. Ich mit ihm spielen auf kleiner Wiese. Papa gemacht einen Zaun. Kann nicht fortspringen. Muss warten, bis ganz gesund.

Wie gebannt hörte Luise dem Buben zu, der seine Sprache

wieder gefunden hatte. Dann schaute sie Jöri an. Er nickte und lachte ihr zu. Luise, du errätst die Zusammenhänge, sagte er. – Bruno, als er mein geheiltes Gesicht sah, hat wieder reden können. Und du weißt auch, warum ich verunglückt bin. Ich musste einen gewaltigen Stopp reißen, als Mörli vorbeirannte. Ich hätte sie beinahe überfahren.

Alle wir hatten Glück, sagte Reto und legte eine rote Rose auf Luises Bettdecke.

Du, Luisa, auch wieder gut? fragte Theresa.

Ja, es geht mir besser. Ich werde gesund.

Luise hatte den Mund wohl zu voll genommen. Als alle gegangen waren, fühlte sie sich schwach und ausgelaugt. Ist denn Freude anstrengend? – Nach dem Nachtessen versuchte sie einzuschlafen. Es ging nicht. Ein merkwürdiges Zittern überfiel sie. Sie konnte sich diesen Zustand nicht erklären, empfand ihn nur als lästig. Immer stärker wurde das Zittern. In der Nacht, als Heinz kam, hatte sie am ganzen Körper einen Schüttelfrost, den sie nicht zum Stillstand bringen konnte.

Heinz überlegte, was er machen sollte. Muss ich ihr ein Medikament geben? Einen Arzt rufen? – Vermutlich war der Tag zu voll für sie. Was hat sie wohl für einen Konflikt, dass sie mit der biblischen Gestalt König Salomo reden musste? Eine Weile stand Heinz ratlos an ihrem Bett. Dann sagte er: Das muss aufhören, Frau Baumberger. Sie brauchen den Schlaf. Erschrecken Sie nicht. Ich versuche nun, Ihren Schüttelfrost anzuhalten. Ich mache es nach einer Methode, die ich in Afrika gesehen habe. Dort habe ich drei Jahre in einem Spital gearbeitet und ich konnte miterleben, wie ein afrikanischer Arzt den Schüttelfrost einer Patientin stilllegen konnte, indem er sich auf sie legte. Wissen Sie, bei diesen Menschen ist spüren und heilen und handeln nahe beieinander, viel näher als bei uns.

Heinz zog die Schuhe aus, schlug die Bettdecke zurück und

legte sich mit seinem ganzen Gewicht, seiner ganzen Ruhe und Bestimmtheit auf Luises Körper. Sorgfältig drückte er die zitternden Arme und Beine nach unten und schon fing der Körper an, sich zu entspannen. Tief durchatmen, Frau Baumberger, tief. Noch einmal und noch einmal.

Das Zittern nahm ab. Die Wärme und die sorgfältige Kraft von Heinz beruhigten Leib und Seele dieser Frau, die auf körperliche Nähe schon seit langem hatte verzichten müssen. Die ganze Übung, das spürte sie, hatte nichts mit Sexualität zu tun, sondern mit einer inneren Kraft.

Heilen und helfen, das können Sie aber gut, sagte Luise, als Heinz sie wieder zudeckte und seine Schuhe wieder anzog.

Ich hab's riskiert, Frau Baumberger. Zum Glück mit Erfolg.

Ja, heute hatte ich einen Glückstag. Ich danke Ihnen, Heinz.

Gute Nacht, Frau Baumberger.

Stolpersteine

Woher kommen sie, diese Stolpersteine, die mir so zu schaffen machen? fragte Luise Doktor Fehrlin, der am nächsten Morgen einen Moment an ihrem Bett saß.

Meinen Sie mit „Stolpersteinen" die Schwäche, den Schüttelfrost? –

Heinz hat mir davon erzählt.

Ja. Steckt denn eine verborgene Krankheit in mir? Ich bin es nicht gewohnt, mich mit mir selber beschäftigen zu müssen.

Höchste Zeit, es zu lernen, Frau Baumberger. Es steckt keine böse Krankheit in Ihnen. Ihr Rücken wird gut. Doch es könnte sein, dass längst versunkene Steine, um dieses Bild nochmals zu gebrauchen, sich melden. Wären Sie lieber abgelenkt in einem Saal mit mehreren Frauen? Oder ziehen Sie die Stille noch eine Weile vor, um sich mit den Stolpersteinen zu unterhalten oder herumzuschlagen, bis Sie klarer sehen? – Vielleicht könnte Ihnen Vikar Eberle dabei helfen, wenn Sie das wollen.

Luise nickte. Ich will gerne. Ja, ich will es.

Gut, abgemacht. Ich werde es Eberle melden. Heute Nachmittag wird Schwester Claudia Sie zum Schwimmbecken begleiten. Schwimmen wird Ihrem Rücken gut tun.

Doktor Fehrlin hatte schon die Türfalle in der Hand, als Luise rief: Herr Doktor, werde ich im Bodensee auch wieder schwimmen können?

Mit Sicherheit, Frau Baumberger. Es ist für Sie das Beste, was Sie für Ihren Körper, Ihre Gesundheit tun können.

Schwimmen! Luise hörte ihren Bruder sagen: Ein Mädchen aus Rorschach, ein Mädchen vom Bodensee muss schwimmen können.

Unbedingt. Und er hatte es ihr beigebracht an Sonntagnachmittagen im Sommer. Wie hatte sie sich doch immer darauf gefreut! – Der große Bruder und der große See. – Dampfschiffe, Möwen, Enten, stürmische und sanfte Wellen, Menschen, die sich am Quai vergnügten, hin und her spazierten, ins Wasser sprangen, das war ein ganz anderes Leben als die Arbeitswelt der Eltern, oben auf dem Rorschacherberg.

Warum nur hatte sie aufgehört mit Schwimmen, als sie Jakobs Frau geworden war?

Angstfrei und voller Freude stieg Luise ins blaue Spital-Bassin. Es funktionierte alles wie früher. Sie überließ sich dem Wasser und bewegte sich in ihm, als hätte es nie einen Unterbruch gegeben. Und sie stellte fest: Was ein Mensch einmal gründlich gelernt hat: Das ABC, das Einmaleins, das Schwimmen, verlernt er nie wieder.

Gut durchblutet und zufrieden schlief Luise nach der Schwimmstunde in ihrem Bett ein. Sie hatte einen seltsamen Traum. Tagträume sind oft intensiver als Träume in der Nacht. – Als sie erwachte, musste sie über den Traum nachdenken.

Da klopfte es an der Türe und Andreas Eberle trat herein. Er nahm einen Stuhl und setzte sich zu Luise.

Frau Baumberger, Ihr Arzt schickt mich zu Ihnen.

Ja?

Luise wusste nicht, was sie sagen sollte. Andreas Eberle wusste es auch nicht. So schwiegen beide und ließen das Schweigen im Raum stehen, bis Luise unvermittelt fragte: Herr Vikar, glauben Sie an Träume?

Glauben ist zu viel gesagt. Ich nehme Träume ernst, denke über sie nach. Träume sind Botschaften

Darf ich Ihnen meinen Traum erzählen? Vielleicht können Sie mir sagen, was er bedeutet.

Das werden wir ja sehen. Erzählen sie, Frau Baumberger, bevor er ihnen davon rennt, der Traum.

Ich muss vorausschicken, dass ich als ganz junge Frau ein totes Kind geboren habe. Im Traum, den ich eben träumte, kriege ich wieder ein Kind. Es ist beinahe so groß, wie ich selber bin und liegt schlaff und nackt und hilflos über meinem Rücken. Ich verliere beinahe den Stand, bin immer daran, umzufallen. Das Kind wird plötzlich klein und hat Kleider an. Ich kann es in meinen Händen halten. Es ist wie eine Puppe. Es trägt ein Häubchen.

In meinen Augen ist es ein logischer Traum. Sie selber sind das schlaffe, hilflose Kind, immer nahe am Umfallen. Doch es gibt eine Wendung.

Es könnte Ihre Badesituation gewesen sein. Schwach, unsicher tauchen Sie ins Wasser und plötzlich spüren Sie: Ich kann schwimmen. Sie trauen sich etwas zu. Im Traum tragen Sie ein Kind und Sie nehmen dieses Kind wahr. Es trägt ein Häubchen. – In der Realität, nämlich im Schwimmbassin, nehmen Sie sich selber wahr und fühlen sich im Badeanzug und in Ihrer eigenen Haut wieder zu Hause.

Sie haben recht, Herr Vikar. Es ging mir gut im Wasser.

Sind da noch mehr Stolpersteine, Frau Baumberger?

Noch eine ganze Menge.

Luise erzählte dem Vikar ihren Konflikt mit Klara, dass sie sich unsicher fühle ihr gegenüber, auch Angst habe vor ihr. Sie sprach auch über Alois und über die Beziehung zu ihrem Bruder. – Plötzlich hatte sie es satt, ihr Inneres nach außen zu kehren.

Herr Vikar, erzählen Sie mir doch etwas.

Ich? Du meine Güte. Was wollen Sie denn hören? – Soll ich Ihnen meine.... meine Großmutter vorstellen?

Ja, das wäre schön.

Nun gut. Ich bin, wie Sie, in einfachen Verhältnissen groß geworden. Meine Eltern hatten eine Dreizimmerwohnung an der Sempacherstraße im „Gundeli". Ein Baslerquartier in der Nähe des Bahnhofs. Da wohnen eben die Eisenbähnler. Unsere Wohnung war klein. Mein Bruder Rolf und ich stritten uns oft im gemeinsamen Schlafzimmer. Wenn es mir zu eng wurde, ging ich zu meiner Großmutter ins Kleinbasel. Sie wohnte in der Nähe vom Claraplatz in einem uralten Haus.

Vor dem Haus gab es ein Vorgärtchen. Dort blühte den Sommer über ein Rosenstock. Meine Großmutter liebte ihn, hätschelte ihn wie ein Kind. Jedesmal, wenn ich kam, sagte sie: Andresli, sind sie nicht schön, meine rosaroten Rosen? Und wie sie riechen! Riech mal! Eine alte Sorte, weißt du. – Am liebsten ging Großmutter mit mir auf den Marktplatz zu Frau Oswald. Frau Oswald war die elsässische Blumenfrau mit dem Blumenstand. Im Gegensatz zu meiner weißhaarigen, rundlichen Großmutter war sie dünn wie eine Bohnenstange. Sie hatte glattes, strenges Haar, trug Sandalen, eine Brille, eine grüne Schürze mit einer aufgenähten großen Tasche, aus der Bastfäden hingen. – Großmutter und Frau Oswald lachten und schwatzten zusammen. Ich höre das Elsässische so gern, sagte meine Großmutter. Ich liebe es. Andresli, hier. Sie drückte mir einen Franken in die Hand. Kauf dir einen Strauß! Frau Oswald gibt ihn dir billig. – Noch lieber war mir der runde klebrige Berliner, den wir jedesmal, auf Harassen hockend, miteinander verzehrten. Großmutter und Frau Oswald tranken Kaffee dazu. Ich kriegte ein Fläschchen Cola. Und dann schwärmten beide Frauen vom Blumenparadies im Elsass. Dort, Andresli, dort wachsen alle diese schönen Blumen, rund um mein Haus, sagte Frau Oswald. – Du würdest staunen, wenn du es sehen könntest. Einfach eine Pracht! – Ich sah es tatsächlich vor mir, das elsässische Blumenparadies und wäre so gerne einmal dorthin gefahren. Doch jedesmal, wenn ich Frau Oswald bat, mich einmal mit zu nehmen, schüttelte sie den Kopf. Heute nicht, Andresli. – Ich wurde größer. Ich wurde älter. Und eines Tages erfuhr ich vom alten Herbert, der an einem andern Stand Blumen verkaufte, dass Frau Oswald weder Haus noch Garten besaß im Elsass. Sie bezog, wie die meisten Blumenverkäufer, ihre Ware aus der Basler Markthalle. – Ich war bitter enttäuscht, konnte aber nicht mit meiner Großmutter darüber reden. Ich wollte ihr das elsässische Blumenparadies nicht zerstören.

Mir eigentlich auch nicht. – Noch heute, wenn ich an meine Großmutter denke, sehe ich sie mit Frau Oswald und mir in einem Meer von Blumen, weit weg von der Schweizergrenze. So schnell lassen sich Menschen nicht aus ihren Paradiesen vertreiben trotz aller Stolpersteine in und um uns. Der Vikar stand auf. Ich gehe nun ins Zimmer nebenan. – Moment, etwas hab ich vergessen. Das muss ich Ihnen noch sagen. Meine Großmutter hatte einen Beruf. Sie war Klöpplerin. Der alte Spruch 'Arbeit macht das Leben süß' passte zu ihr. Sie liebte ihre Arbeit. Und bei Ihnen, Frau Baumberger, wird es ähnlich sein. Ich wünsche Ihnen alles Gute.

Herr Vikar, noch eine Frage. Stimmt es, dass Sie den Winter über im alten Schulhaus den Leuten einmal in der Woche Geschichten erzählen? Biblische und andere?

Ja, es stimmt. Ich erzähle auch Biographien, Sagen, Legenden, Fabeln und die Leute erzählen manchmal ihre Geschichten.

Überraschung

In der letzten Augustwoche wurde Luise aus dem Spital entlassen. Es fiel ihr gar nicht so leicht, sich von all denen zu verabschieden, die sie gepflegt und oftmals auch getröstet hatten. Anfänglich kam sie sich außerhalb der Spitalmauern schutzlos vor. Sie war froh, dass Doktor Fehrlin ihr weitere Schwimmstunden im Spitalbecken verordnete. – Bis Ende Oktober fuhr sie jede Woche mit Reto hinunter nach Rorschach. Er lieferte Gemüse ab, trank hinterher sein Bier im „wieße Sägel" und sie schwamm unter Anleitung einer Therapeutin mit andern Patienten so und so viele Runden, um ihren Rücken zu stärken. Nach der letzten Schwimmstunde, es war ein milder Oktoberabend, ging sie allein durchs Städtchen.
Diesmal will ich Reto abholen. Nicht er mich.
Mit jedem Schritt gewann sie Sicherheit. – Ich kann wieder gehen, falle nicht um, mir wird nicht schwindlig, muss mich nirgends mehr festhalten, es geht mir gut, ich werde gesund.
Unten am Quai stand sie eine Weile still, schaute aufs Wasser und sagte zum Bodensee: Dich werde ich zurückerobern!
Dann ging sie zum „wieße Sägel". Es war dämmrig in der Beiz. Am Stammtisch saßen zwei Männer. Sie musste genau hinsehen und erkannte Reto und Justus.
Wie gut, dass du kommst, sagte Justus und schüttelte ihr die Hand. Heute Abend werde ich hier spielen und ..... es wird eine kleine Überraschung geben für dich.
Für mich?
Ja. – Du bleibst doch? – Bitte bleib!
Wie komm ich denn nach Hause?
Ich dich mitnehmen, Luisa..
Mit raschen Schritten und seinen leichten, schnellen Bewegungen verließ Reto das Lokal und Luise saß allein mit Justus am runden Tisch. Es waren noch keine Gäste da.

Rosalia, rief Justus, bring uns eine Kerze und zwei Mal 'Wald-
fest' (Wurst und Brot). Dazu einen roten Landwein.
Danke für die Einladung, Justus, danke.
Wir trinken auf dein Wohl, Luise, und auf deine Gesundheit.
Die Herrschaften sitzen ja im Dunkeln.
Rosalia wollte Licht machen.
Bitte nicht, bat Justus. Dämmerung ist nicht Dunkelheit.
Dämmerung hat verborgenes Licht und die Lichter am Quai,
die Kerze hier: Es genügt. – Prost Luise!
Prost Justus!
Luise, warum will der moderne Mensch alles ausleuchten?
Keine Ahnung, Justus. Ich habe im Spital vom technischen
Fortschritt unserer Zeit profitieren können. Ohne sie, die
Technik, und ohne Chemie, wäre ich gestorben. Aber die
Welt wird immer geheimnisloser. Denkst auch hin und wie-
der an die Sternennächte auf dem Rorschacherberg, wenn
wir zusammen sangen, Agnes, Jakob, du und ich?
Ich zehre noch immer davon, Luise. Es kommt mir vor, als
hätte sich mein damaliges Leben in einem andern Jahrhundert abgespielt. Hier unten in der Stadt wurde mir schon bald
bewusst: Wenn wir so weiter machen mit Verschwendung
und Verschmutzung, hinterlassen wir unsern Kindern einen
schwerkranken Planeten.
So red doch mit den Kindern darüber.
Hab's versucht. Sie sind alle über mich hergefallen, samt
Klara, und ihre Vorwürfe sind berechtigt,... leider. Ich habe
leichtsinnig Land verkauft zu Schleuderpreisen. Ich wollte
es loswerden, so schnell als möglich. Du weißt ja: Ich bin
nun mal kein Bauer. – Jetzt steigen die Preise. Es hat sich in
kurzer Zeit viel geändert. Land wird teurer, wird sogar kost-
bar. Das einzige Stück, das ich noch habe, ist die steile Wiese hinter deinem Haus.
Unsere ehemalige Schafswiese?
Ja, genau die. Ich kenn einen, der sich dafür interessiert. Du
kennst ihn auch. Er hat dich gepflegt.

Mich gepflegt? – Dann kann es nur.... nur Heinz sein.

Er ist es auch, dein Nachtpfleger.

Was will er machen mit der Schafswiese?

Ein Häuschen hinstellen zusammen mit seiner Frau. Vielleicht ist es seine Freundin. Ich kann's nicht sagen.

Woher weißt du das?

Alles aus der Beiz. Hier werden Lebensgeschichten erzählt. Das ist auch gut so. Ich erfahre, wie es andern geht. Das macht die eigne Situation manchmal erträglicher. – Falls Heinz die Wiese haben will, werde ich sie ihm zu einem günstigen Preis verkaufen. Vom Erlös will ich auch dir etwas geben. Dir und Alois. Du hast mir viel geholfen nach dem Tod von Agnes und Alois braucht etwas Geld für seine Ausbildung. Mit ihm kann ich reden. Seit er bei dir wohnt und auf ein Ziel hin arbeitet, haben wir es gut zusammen. Wir lassen einander in Ruhe. Klara und Erwin haben sich gegen mich verschworen, kontrollieren mich, wühlen in meinen privaten Sachen herum, sogar in meinen Briefen. – Ich habe oft Angst vor ihnen. Sie nennen mich nur noch den grünen Alten, der von gar nichts eine Ahnung hat.

Ach, Justus, hör auf. Du hast deine Fähigkeiten, das weißt du ja. Hast deine Seele der Musik verschrieben, verkaufst dein Land nicht zu Wucherpreisen, das zeichnet dich aus.

Das Lokal füllte sich und Rosalia zündete alle Lichter an. Reto, Theresa und Bruno kamen herein und setzten sich zu Luise an den runden Tisch. – Bruno erzählte von seinem Reh, dass sie es noch behalten würden den Winter über.

Du, Luisa, es füttern an Weihnachten? Wir alle bei Nonna in Italien.

Natürlich werde ich es füttern, dein Reh.

Die Harmonie dieser Familie tat Luise gut. Bei Castaldis wurde auch gestritten, kurz und heftig. Aber es gab keine Verschwörungen. Kein Misstrauen gegeneinander.

Ich verzieh mich nun in die Küche bis zu meinem Auftritt,

sagte Justus, stand auf, nahm seine Handorgel und ging. Luise wagte kaum, ihn anzusehn. Sie spürte, dass die friedfertige Italienerfamilie bei ihm Heimweh und Sehnsucht auslöste nach seiner ersten Familie. Wie ein Bild war sie eingebrannt in seine Seele. Und das Bild würde sich nicht verändern, auch wenn das Leben weiterging. – War seine zweite Familie für ihn ein Gefängnis, ein undurchsichtiger Filz? Würde er daran ersticken?

Bruno zupfte Luise am Ärmel. – Luisa, dort schwarze Frau. Tatsächlich: Heinz betrat das Lokal Hand in Hand mit einer zierlichen schwarzen Frau. – Sie setzten sich an einen kleinen Tisch.

„Schöne Frau", flüsterte Bruno Luise ins Ohr. Ganz weiße Zähne. Viele kleine Zöpfe. – Unverwandt schaute er sie an und sie lächelte ihm zu. Luise war ebenso fasziniert von ihr. Schon sah sie in Gedanken auf der Schafswiese ein Häuschen stehn, in dem es nur so wimmelte von schwarzen Kindern. – Mein Gott, ich träume mich schon wieder in eine andere Familie hinein! – Ist es Flucht nach vorne, was ich mache? Angst vor Alter und Einsamkeit? – Ich muss mir doch auch selber genügen können, mein Leben selber gestalten. Justus verspricht mir Geld. So wäre es an der Zeit, den Bruder aufzusuchen. Ja, das muss wohl sein, das werde ich nun wirklich tun!

Nachdem Luise diesen Entschluss gefasst hatte, war sie erlöst und konnte den Rest des Abends voll genießen.

Justus kam wieder aus der Küche, mit ihm der Vikar, Claudia und Alois. Sie setzen sich zueinander, nahmen Justus in die Mitte. Zur Begrüßung stand er auf. „Guten Abend, liebe Leute. Wie Sie sehen, bin ich nicht mehr der einzige Musikant. Habe mir Verstärkung geholt. Claudia und Alois werden singen, Andreas und ich spielen auf unsern Instrumenten. Wir hoffen, dass ihnen unser Programm gefällt."

Bevor Justus das letzte Handorgelstück spielte, sagte er: Zum

Schluss ein kleiner Walzer. Ich hab ihn selber komponiert für... Luise. Er heißt: „Der Luisenwalzer".
Rauschender Beifall. Alle Köpfe drehten sich nach Luise. Sie wurde rot und bekam Herzklopfen.
Ist das seine Überraschung, von der er gesprochen hat? Für mich hat er ein Stück komponiert? Ein eigenes Stück erfunden? – Wären keine Leute hier, wäre ich allein, ginge ich zu ihm hin, würde ihn umarmen. Stürmisch umarmen! – Würde ich es wirklich tun? – Warum darf es eigentlich nicht sein!

Winter

Es hatte geschneit. Der erste Schnee. Novemberschnee. Die weiß verhüllte Landschaft lag im Sonnenschein. In Luises Küche wurde es warm. Sie hatte im Herd Feuer gemacht. Nun saß sie am Küchentisch, vor sich das Buch „Brush up your English". – Sie hatte Mühe, bei diesem schönen Wetter stillzusitzen und sich in eine Sprache zu vertiefen, von der sie keine Ahnung hatte. – Zum Buch gab es eine Kassette. Alois hatte ihr seinen Kassettenrekorder geliehen. Sie hörte sich die fremde Sprache an, versuchte sie nachzusprechen und kam immer wieder zum selben Schluss: Italienisch gefällt mir viel besser. Bruderherz, ich habe dir im „wieße Sägel" einen Besuch versprochen, doch ich weiß nicht, ob ich mein Versprechen einlösen werde. Hier ist doch meine Welt! Sollte mein Körper mir wieder einen Streich spielen: Hier fühle ich mich sicherer als unterwegs in ein unbekanntes Land.

Das Telefon klingelte. Für Luise jedesmal ein Ereignis. Sie nahm den Hörer ab. Du bist es, Justus? – Du kommst mich besuchen? – Ja, es hat Schnee hier oben. Eine dünne Schneeschicht. Etwas früh dieses Jahr, aber schön. Willst bei mir eine Rösti essen?? – Gut, dann freu ich mich. Leb wohl. –

Es klopfte an der Türe. Alois trat herein.

Dass du immer noch anklopfst, Alois?

Das gehört sich einfach. Bin Gast hier. Good morning, Luise.

Du sprichst Englisch mit mir?

Yes, I doo. – Muss meine paar Englischbrocken loswerden und Neues dazu lernen mit dir, Luise. Wir müssen drüben, über dem großen Wasser mindestens sagen können. Good morning, good evening, how do you do? – Never mind, sorry, have a nice day, thank you...

Alois, du sagst 'wir'. – Was ist damit gemeint?

Ich möchte dich beschützen und begleiten auf deiner Reise, wenn du nichts dagegen hast.

Was sollte ich dagegen haben! Das ist nun wirklich eine ganz tolle Überraschung! – Null komma plötzlich kann ich mich freuen, hab keine Angst mehr vor dem fernen Amerika.

Vater hat mir Geld gegeben für meine Ausbildung. Da ich aber nur das Schulmaterial bezahlen muss, kann ich mir die Reise leisten. Wird dein Bruder ein Bett haben für mich?

Bestimmt.

Ich könnte auch im Heu schlafen. Es würde mir nichts ausmachen

Wann fahren wir, Alois?

Früh im Frühling, bevor das Seminar beginnt.

Früh im Frühling, wenn die Natur erwacht!

Alois und Luise hörten sich zusammen nochmals Lektion 1 an auf der Kassette und sprachen die Wörter mit. Dann verabschiedete sich Alois. Luise stellte nie die Frage der Mütter: Wohin gehst du? Was machst du? – Sie war klug genug, ihm absolute Freiheit zu gewähren.

Pfeifend ging er hinaus in den hellen Tag und Luise kochte das Mittagessen. – Als sie dann mit Justus am Tisch saß, ging es ihr ähnlich wie mit Alois. Sie stellte keine Fragen, obschon sie, wie die meisten Menschen, gern auf dem Laufenden war. – Justus aß schweigend seine Rösti. Dann sagte er, wie aus heiterem Himmel: Lore erwartet ein Kind.

Ein Kind? – Sie ist doch selber noch so....

Ja, sie ist sehr jung, sie ist erst siebzehn. Und ich bin versucht, zu denken: Ein Kind erwartet ein Kind.

Eine junge Mutter ist keine schlechte Mutter.

Da hast du recht. Nur: Wo und wer ist der Vater? – Lore hat schon früh mit jedem netten Jungen geflirtet. Sie sieht gut aus, ist umschwärmt, doch jetzt steht sie alleine da. War ich ein schlechter Vater? Hab ich mich zu wenig um meine Kinder gekümmert?

Du ließest sie gewähren, hast sie nicht herumkommandiert. So bin auch ich aufgewachsen. Mein Vater war vorhanden, war für mich da, wenn ich ihn brauchte. Kontrolliert hat er mich nicht.

Luise, weißt du, bei allem, was ich tat, fragte ich mich: Wie würde Agnes handeln? – Das ist nun mal so. Ich kann es nicht mehr ändern. Sie ist mein Maßstab geblieben, mein Vorbild. War das falsch? Ich hatte kein Vertrauen in die Art, wie Klara mit Kindern umging. Sie sagte und sagt es noch heute: Die Agneskinder gehen mich nichts an, sie gehören dir. Und die andern gehören mir und du hast mir nichts dreinzureden bei der Erziehung. Nie sagt sie 'unsere Kinder'. – Diese Trennung hat mich auch von ihr getrennt. Sie ist mir eine Unbekannte geblieben. Das ist schrecklich, oft unerträglich. Sie gibt keine Auskunft über ihr vergangenes Leben. Wo ist sie innerlich beheimatet? In Paris? Schon oft wollte ich mit ihr diese Stadt sehen. Jedesmal sagt sie: Non! – Nun hab ich es aufgegeben, ihre Spuren zu suchen. – Ach, lassen wir das. Meine Sorge gilt Lore. Wird sie eines Tages so heimatlos sein wie ihre Mutter? – Ich hab Angst um dieses Kind, Luise. Klara will ihre Tochter ins Mädchenheim abschieben. Doch Lore wird es nicht mit sich geschehen lassen. Sie weiß, dass ich zu ihr stehe. Sie hat auch einen Halt an Alois und Theresa. Fremde Mütter sind oft die klügeren Mütter. Sie bestimmen und dirigieren nicht alles. Und wenn man sie braucht, sind sie da. – So, nun mach ich mich wieder auf den Weg. Vergiss nicht: In der ersten Dezemberwoche beginnen die Geschichtenabende im alten Schulhaus. Früher nannte man sie „Bibelstunden". Das hat sich geändert. Wir sind keine passiven Zuhörer mehr. Wir können auch Eigenes erzählen. – Leb wohl Luise. Hab Dank fürs Essen.

Geschichten im alten Schulhaus.

Alles noch wie früher! – Luise musste tief durchatmen, als sie das alte Schulzimmer Nummer drei im alten Schulhaus betrat. Sie fühlte sich zurückgeworfen in ihre Jugend. Es tauchte vieles wieder auf, was sie in diesen vier Wänden erlebt hatte. Noch dieselben Bänke, derselbe runde Eisenofen in der Ecke. Als Kind hatte sie Angst gehabt vor ihm. – Er kam mir vor wie ein feuriger Drache, der uns Kinder verbrennen wollte. Einmal hat er es auch getan, dieses Scheusal! – Es hat Willis kleine Hand nicht mehr losgelassen. – Willi – er war noch so klein, ein Erstklässler, wollte nur schnell seine kalte Hand am Ofen wärmen, dann blieb sie kleben. O Gott! – Der Lehrer musste sie lösen, die verbrannte Hand. Es war schrecklich. Und noch schrecklicher: Willi hat nicht einmal geschrien. Mit zusammengebissenen Zähnen, weiß im Gesicht, ging er an der Hand von Lehrer Meili ins Spital. Wir mussten unterdessen rechnen. Es blieb mäuschenstill im Schulzimmer. – Als Willi zurück kam, trug er einen dicken weißen Verband um die linke Hand. Herr Meili sagte zu mir: Luise, geh hinauf in die Lehrerwohnung, sag meiner Frau, sie soll dir eine warme Ovi mitgeben für Willi. Er braucht es dringend. Das sah ich auch und ich war froh, dass ich etwas tun konnte für ihn. – Gierig trank Willi seine Ovi. Dann durfte er sich aufs Kanapee legen. Herr Meili deckte ihn zu.

Wir waren für unsere Zeit eine fortschrittliche Schule. Wer hatte schon ein Kanapee im Schulzimmer? Nur wir! Unser Lehrer war bei der Sanität. Die Gesundheit und das Wohlbefinden seiner Schüler lagen ihm sehr am Herzen. Wir hatten es gut bei ihm. Wenn ein Kind müde und erschöpft war, durfte es sich hinlegen und schlafen. Manchmal sangen wir ihm ein Lied. Einmal lag auch ich auf dem Kanapee. Wie mir das gut tat nach der strengen Feldarbeit zu Hause! Ich hörte Herrn Meili noch sagen: Ein sanftes Lied tut einem müden Herzen wohl. Dann schlief ich ein.

Du nicht sitzen?

Doch, doch, Theresa. – Luise setzte sich neben sie in die dritte Bankreihe. Verzeih. Ich war in Gedanken weit weg in meiner ehemaligen Schulklasse. Das ist lange her. Heute gehen die Kinder ins große neue Schulhaus. Da wird auch Bruno einmal hingehen. Dieses Schulzimmer wäre heute zu klein für die vielen Schüler.

Die Schulstube füllte sich. Es kamen erstaunlich viele Leute. Hatten noch nicht alle einen Fernseher zu Hause oder brauchten sie tatsächlich lebendige Geschichten? – Noch fehlte der Mann, den Luise immer herbeisehnte. Da ging die Türe auf und er trat herein mit Vikar Eberle. Und er sah sich um. Nach ihr? Ein Lächeln huschte über sein Gesicht, als ihre Blicke sich kurz trafen. Doch er schien unruhig. Wen suchte er noch? Vielleicht Lore? Dachte er, auch sie würde eine Geschichte gebrauchen können?

Unruhige, wissensdurstige Geister, begann Andreas Eberle seine Geschichte, Menschen, die auf der Suche, ewig auf der Suche nach einem gefüllten Leben sind, die gab es zu allen Zeiten und die gibt es noch heute in unserem Land. – Ich fang nun einmal bei mir selber an. Ich ging in Basel zur Schule. Und weil mir das Lernen leicht fiel, trat ich nach der Primarschule ins humanistische Gymnasium ein. Als ich die Gymischüler zum ersten Mal sah, bekam ich es mit der Angst zu tun. Mensch – Meier, da gehör ich doch nicht hin, zu diesen Bürgersöhnen! – Alle scheißnobel und tun so, als hätten sie die Weisheit für sich allein gepachtet. Ich fühlte mich anfänglich nicht wohl. Doch ich hatte Glück mit den Lehrern. Die machten keinen Unterschied zwischen mir, dem Arbeiterkind, und den andern. Ganz besonders Glück hatte ich mit dem Religionslehrer. Ein großer, kräftiger Mann voller Lebensfreude. Ich spürte: Alles, was er macht, tut er gern. Ich bewunderte ihn. Er spielte wunderschön Mozart, hielt Predigten, die ein Aufsteller waren, mir gut taten. Auch in der Kirche sprach er viel über Kunst. Durch ihn und seine Frau entdeckte ich Schönheiten in unserer Stadt, die ich zuvor nicht gesehen hatte. Manchmal lud er mich zum Essen ein in sein altes Pfarrhaus. Das waren Höhepunkte in meinem Leben. Seine Frau war eine hervorragende Köchin. Das Essen jedesmal ein Fest. An einem solchen Essen, wir hatten gerade über Engel in der Stadt Basel geredet, Engel aus Stein, aus Holz, gemalte Engel, sagte Karl zu mir: Siehst du, so vielseitig ist der Pfarrerberuf. Du würdest dich auch eignen für diesen Beruf. – Ich hab es ihm geglaubt, dem großen Karl und mit seiner Unterstützung studierte ich Theologie. – Eines Tages ging er mit mir ins Kunstmuseum und zeigte mir ein Gemälde, auf dem Thomas Platter abgebildet ist. Ein Mann, der von 1499 – 1582 gelebt und in Basel eine große Rolle gespielt hat. – Schau ihn dir an, Andreas, schau ihn dir gut an, sagte Karl. Ein würdiger, gelehrter Herr, dieser Thomas. Kannst ihn dir vorstellen als Geißbub in den Walliserbergen?

Kaum, sagte ich. Er sieht steif aus.

Ja, meinte Karl, er sieht wirklich aus wie ein Gelehrter. Aber er war ein Allroundman, ein Mensch, der alles erlebt hat: Armut und Reichtum, Höhen und Tiefen. Ich hab seine Biografie gelesen und mir Notizen gemacht über seine Jugend. Ich bat Karl um eine Kopie seiner Notizen. Irgendwann, dachte ich, kann ich diesen Stoff gebrauchen. Heute Abend, jetzt ist der Moment da. Wenn sie zuhören wollen, liebe Gäste, erzähle ich ihnen, was Thomas in seiner Jugend erlebt hat.

Die Leute im Schulzimmer räusperten sich, husteten noch, rückten sich zurecht, schienen bereit, zuzuhören. – Und Andreas erzählte weiter: Thomas Platter, der Walliser Geißbub, war das Kind armer Leute. Sein Vater starb an Pest. Die

Mutter soll er nie gesehen haben. Seine Verwandten machten mit ihm, was sie wollten. Mit sechs Jahren kam er zu einem Bauern als Ziegenhirt. Die Tiere überrannten ihn, liefen ihm davon und wenn er sie abends nicht vollzählig nach Hause brachte, gab es Schläge. Einmal rettete er ein Gemslein, das sich verstiegen hatte. Das kostete ihn beinahe das Leben. Er verbrachte die Nacht unter einer Baumwurzel. Die Raben schrien über ihm. Er hatte Angst vor ihnen und er hatte Angst vor Bären. Da betete er und schlief ein. – Er schrieb später über sich selber: „Hatte nichts an als das Hemdlein, weder Schuh noch Hütlein." – Oft litt er unter großem Durst. Und weil es weit und breit kein Wasser gab, trank er seinen eigenen Brunz. Immer wieder waren seine Zehen verletzt vom Barfußlaufen und In-den-Felsen-herum-Klettern. Auf dem Strohsack plagten ihn nachts Wanzen und Läuse. Auch darüber schrieb er: „So liegen gemeiniglich die armen Hirtlein, die bei den Bauern in den Einöden dienten." – Ja, sein Leben war damals eine Einöde. Als Zehnjähriger wurde er von seiner Tante zum alten Vetter Platter (ehemals ein Pfarrer) geschickt und sollte die Schrift, das heißt, die Bibel lesen lernen. Ich nehme an, lateinisch oder griechisch und wenn er es nicht kapierte, schlug ihn der Alte „gar grausam." – Wieder berieten sich die Verwandten untereinander. Sie schickten ihm einen weiteren Vetter vorbei. Dieser nahm Thomas mit auf die Wanderschaft.

Nun gehörte er zu den Vaganten oder den fahrenden Schülern. Von Fahren natürlich keine Rede. Zu Fuß, in schlechtem Schuhwerk, zogen diese Jugendlichen von Stadt zu Stadt, von Ort zu Ort in alle Lande. Sie lebten vom Betteln und vom Stehlen, sonst hätten sie nichts zu essen gehabt. Manchmal sangen sie Lieder in den Straßen, nahmen aber nur wenig Geld ein. Sie nächtigten in Wäldern, wenn es gut ging, in Scheunen. Die älteren Buben quälten die jüngeren. Thomas war der Jüngste. Er wurde gehetzt, gehänselt, ausgenützt. Doch er lief nicht blind durch die Welt. Je älter er wurde, desto selbstbewusster konnte er auftreten. Er trennte sich von der Bande und ging eigene Wege. Sein Gottvertrauen gab ihm Kraft. Da und dort fand er Arbeit. Kein Handwerk war ihm zu gering. Im Gegenteil, es eröffnete ihm neue Möglichkeiten und gab Verdienst. Er scheute sich nicht mehr, auf Leute zuzugehen, sie anzusprechen, Fragen zu stellen. Er konnte ja lernen von ihnen. Bei allem, was er tat, wusste er: Ich brauche in meinem Leben beides, meine Hände und meinen Verstand. Das lässt sich nicht voneinander trennen.

Andreas Eberle schloss mit den Worten: Nun hab ich die Jugend von Thomas kurz skizziert. Die steile Karriere, die er noch machte und sein Reichtum interessieren mich weniger. Aber ich wünsche uns allen etwas von der Unerschrokkenheit und dem Durchhaltevermögen dieses Menschen.

Theresa war neben Luise eingeschlafen. Deutsche Sprache, fremde Sprache, schwere Sprache! Und sie war müde von ihrem Tagwerk.

Luise hatte hellwach zugehört. Das Schicksal dieses Hirtenjungen hatte sie in eine andere Welt versetzt. Sie hätte gerne erfahren, wie es im Leben von Thomas weiter gegangen war. Hatte er geheiratet, eine Familie gegründet?

Die alte Schulstube, dachte Luise nachts im Bett, ist eine geheimnisvolle Stube geblieben. Die Wände sind noch voller Geschichten. Wenn Wände reden könnten!

Bericht aus Amerika

Franz, was bringst du mir?
Du siehst doch, ein großes gelbes Couvert aus Amerika.
Aus Amerika?
Ja, hier musst du unterschreiben, dass du es bekommen hast.
– So, und nun viel Spaß mit deinem Geschenk. Leb wohl.
Tschau, Franz.
Justus öffnete das Couvert und hielt dann in Händen, was er
Luise mitgegeben hatte auf ihre Amerikareise: Ein leeres Heft
mit blauem Umschlag. – Hat sie etwas hineingeschrieben
oder schickt sie es mir leer zurück? – Justus schlug den Dek-
kel auf. Doch, sie hat geschrieben!
Er fing an zu lesen und las bis zum Ende.
Lieber Justus, hier ein paar Eindrücke aus dem weiten Land
Amerika. Vielleicht interessiert es dich. Alois hat gesagt:
Mach kleine Abschnitte, es ist übersichtlicher. Alois hat mir
auch sonst ein wenig geholfen bei komplizierten Sätzen.

Fliegen und ankommen
Ich sitze also zum ersten Mal in einem Flugzeug. Neben mir
Alois. Das beruhigt mich. Ihm gefällt das Fliegen. Er sagt,
er fühle sich frei wie ein Vogel in der Luft. Von mir kann ich
das nicht behaupten. Schaue nie durchs Fenster in den Himmel. Lese, um meine Absturzangst zu bewältigen, drei Zeit-
schriften hintereinander. Frauenprobleme! – Da, ein Artikel
im „Spiegel" über die Architekten unserer Zeit. Etliche werden sogar als Verbrecher unseres Jahrhunderts bezeichnet.
Sie seien mitschuld, dass die Ungeborgenheit in der Welt
zunehme. Ein Architekt, ein einziger, kommt in diesem Artikel gut weg. Es ist der Wiener Maler und Architekt
„Hundertwasser". Ich hab mir lange sein Foto angeschaut in
der Zeitschrift. – Ein besonderer Mann muss das sein. Hab

förmlich gespürt, dass er die Natur liebt. Eines seiner Häuser war abgebildet. Auf dem Dach wächst Gras. Die kleinen Terrassen sind bepflanzt. Das Haus ist verwinkelt, verspielt, bald da, bald dort eine kleine Treppe und alles in leuchtenden Farben. Bei uns sind die meisten Häuser entweder grau, beige, rosarot oder hellblau. Ein Farbeneinheitsbrei. Und bei Hundertwasser fließen hundert Farben, hundert Wasser nicht ineinander, sondern getrennt voneinander zu einem Ganzen. Hab mich riesig gefreut, diesen malenden Architekten entdeckt zu haben. – Alois kennt ihn auch, ist auch begeistert von ihm. Er meint, es sei schade, dass Schweizerstädte veramerikanisiert würden. Es sei ein nicht mehr gut zu machender Fehler. In den amerikanischen Städten, die ich zu sehen bekomme, muss ich über diesen Artikel immer wieder nachdenken.

Die Ankunft in Ames ist überwältigend. Mein Bruder umarmt mich. Das hat er ja noch gar nie getan. Ist er lockerer, fröhlicher geworden? Die amerikanische Mentalität „take it easy" tut ihm wahrscheinlich gut. Viola, seine Frau und die Kinder, alle begrüßen uns, als hätten wir uns schon immer gekannt. Das Haus meines Bruders steht am Rande der Stadt. Sie hat etwa die Größe von Olten, sagt Theo. – In ein paar kurzen Augenblicken wird all das, was er Mutter in seinen Briefen mitgeteilt hat, lebendig und nimmt Gestalt an. So also ist sein Haus! Ich hatte es mir nicht vorstellen können. – Zum Haus ein Garten voller Frühlingsblumen! Ich erkenne im Mondschein Hecken, Büsche und alte Bäume und ich wundre mich über den klaren Nachthimmel und die reine Luft. – Schon immer hat mich die Gastfreundschaft von Nichtschweizern überrascht. Auch diesmal fühle ich mich aufgenommen von der ganzen Familie. Es geht auch Alois so. Wir haben für drei Wochen ein Zuhause in zwei kleinen Parterrezimmern. Ein Badezimmer gehört auch dazu. Wir gehen früh schlafen, weil wir todmüde sind.

History farm

In der Morgenfrühe des ersten Tages klopft jemand an meine Türe und eine Kinderstimme ruft: „Breakfast" ! – Ich beeile mich, denn ich spüre eine gewisse Unruhe im Haus. Viola muss erst die Kinder zur Schule und dann an ihren eigenen Arbeitsplatz fahren. Sie arbeitet in Ames, im Käseladen der Schweizerin Annemarie. Die history farm sei nichts für sie, hat mir Viola schon gestern erklärt. Sie sei eine moderne Frau, hätte italienisches Blut. Mit ihrem Temperament könnte sie niemals so haushalten, als wäre sie noch im 19. Jahrhundert. Und sie hätte keine Lust, altmodische Kleider zu tragen und so zu tun, als wäre sie eine Frau von gestern. – Auch mein Bruder sagt: Viola ist eine Frau von heute. Ihre Küche, das seht ihr ja, und die ganze übrige Wohnung ist mit dem Allerneusten ausstaffiert. Viola drückt auf Knöpfe, die Maschinen funktionieren, nehmen ihr die Arbeit ab. Ich frage Theo: Macht es dir nichts aus, weit weg von Viola zu arbeiten? – Er lacht. Nein, im Gegenteil. Es ist gut so. Wir lassen uns in Frieden. Und wenn wir zusammen sind, haben wir uns viel zu erzählen, denn im Käseladen hat Viola den Plausch mit Annemarie und den Kunden. Meine Frau arbeitet blitzschnell, ich bin eher langsam, mache alles von Hand. Schlage das Holz im Wald, versorge die Tiere, schlachte auch welche, betreue die Feuerstelle, bring die Zäune in Ordnung. Sie sind ganz einfach konstruiert, ohne Nägel, aber sehr schön. – In früheren Zeiten war es wohl schwer, einen Winter in dieser rauhen Natur durchstehen zu müssen. Wir modernen Nomaden sind jedenfalls froh, dass wir jederzeit im warmen Auto zurückfahren können in die Zivilisation. Theo fährt uns zu verschiedenen Farmerhäusern. Wir sehen junge und Leute mittleren Alters in niedrigen Küchen und Stuben an der Arbeit. Sie tragen wirklich altmodische Kleider, um die ich sie nicht beneide. Uralte Küchengeräte, kein elektrisches Licht, seltsam fremde Gerüche, keine Zentralheizung, weder Kühlschrank noch Kühltruhe, dafür eine Speisekammer. In ihr sind die Regale voll von Einmachgläsern, getrockneten Früchten, Kräutern und Blumen. – Mit Büchsennahrung, fast food und Tiefgekühltem wollen sie hier nichts zu tun haben. Sie essen, was im eigenen Boden wächst und der organische Abfall hat etwas Ästhetisches. Mit Zivilisationsabfall müssen sie sich nicht herumschlagen, weil sie ihn gar nicht produzieren. – Theo zeigt uns Scheunen und Ställe. Mir fällt der saubere Tiergeruch auf. Kein Silofuttergestank. Nirgends ein Traktor, kein Motorenlärm. Wir sehen Pferde, Kühe, Rinder, Schafe, Ziegen, Hühner und Gänse. Theo sagt: Ich freue mich, bis die Schwalben wieder Einzug halten. Ich könnte ihnen stundenlang zusehen, wenn sie unter den Scheunendächern ihre Nester bauen und später die Jungen füttern.

Abends fahren wir nach Hause. Es war ein langer Tag. Vor dem Schlafengehen sitzen wir mit den Kindern noch um den runden Stubentisch. Viola schenkt den Kindern Sirup, den Erwachsenen Wein ein. Dazu essen wir pommes chips. Mary setzt sich mit einem Notizblock neben mich. – Bitte Luise, schreibe mir Rezept von Linsen und Rösti. – Theo lacht. Meine Tochter sammelt Schweizer Kochrezepte. Ich hab schon so oft von Mutters Linsengericht und ihrer Rösti geschwärmt, dass Mary beides für mich kochen möchte. – Ich schreibe die Rezepte auf und sehe sie immer wieder an, die zartgliedrige Mary. Wenn sie lacht, mit den Augen lacht, erinnert sie mich ein wenig an unsre Mutter. – James und Peter sind dunkelhaarig, sehen Viola ähnlich. Alle drei Kinder wollen an diesem Abend Alois und mir ein Geschenk machen: Aus Wolle geknüpfte Armbändchen. Doch Theo ist müde. – I am tired. Er steht auf, nimmt die Buben an der Hand: Let's go to bed. Nur etwas muss er noch wissen: Alois, was gefällt dir besser, die Farm oder mein Haus mit air condition, Kühlschrank, elektrischem Licht und allen andern

Schikanen? – Alois besinnt sich und sagt: Das moderne Leben, in das ich hinein geboren wurde, gefällt mir besser, aber es müsste und das könnte es von der Farm lernen, viel mehr Rücksicht nehmen auf die Natur.

Die Glasstadt
Alois verbringt viel Zeit mit meinem Bruder in der history-farm. Anscheinend gefällt ihm die Arbeit in Wald und Feld. Theo ist begeistert, dass er mit einem Kollegen aus der Schweiz über alles reden kann, was ihn interessiert. – Ich lerne Annemarie kennen, die Chefin von Viola. Sie nimmt mich mit in den Käseladen. Er ist nur ein kleiner Teil eines riesigen, glasüberdeckten shopping-centers. Viele kleine Läden in einer Glasstadt! – Auch Warenhausriesen haben ihre Tücken, ihre Schwachstellen. Es tropft an drei verschiedenen Orten durchs Glasdach. Ein langer Weg für kleine Regentropfen! Es tropft bei Annemarie, es tropft in der Papeterie, die übrigens auch Karten von Hundertwasser verkauft, und es tropft bei der Coiffeuse. Sie wäscht mir im Eiltempo meine Haare. Ich bin bei ihr angemeldet. Eine sehr energische Frau in gelber Schürze. Sie reißt an meinen Haaren, als wären sie aus Draht und beim Waschen fühlt sich ihre Hand an, als wäre sie eine Erntemaschine, die über Land fährt. Großflächiges Land. Ob menschliche Bewegung einen Zusammenhang hat zu Landschaft, Brauchtum, Ortsgröße? – Nach dieser Haarwaschprozedur bin ich bei Annemarie zu einem Teller Suppe eingeladen. Viola setzt sich auch dazu. Zu dritt lachen, schwatzen, essen wir an einem kleinen runden Tisch. Die Suppe ein Gedicht. Echt schweizerische Gemüsesuppe. Annemarie eine schöne, lebhafte Frau mit dunklen Augen. Sie hat einen deutschen Professor geheiratet, der in Ames Studenten in Physik unterrichtet. – In der Schweiz, sagt Annemarie, hätte ich mich niemals so einrichten können, wie ich es hier in Amerika tun konnte. Mit den

sechs kleinen runden Tischen und der täglichen Gemüsesuppe habe ich meinen Laden belebt und erweitert zur Freude meiner Kundschaft. In der Schweiz braucht es für jede Veränderung eine extra Bewilligung. Mühsam! – Amerikaner sind großzügiger, experimentierfreudiger. – Es kommen Kunden in den Käseladen. Viola steht auf und bedient sie. Annemarie bleibt sitzen, lässt mich nicht aus den Augen. – Will sie etwas von mir? – Aufgeregt flüstert sie: Ich brauch eine Geschichte. Ganz dringend! Kannst du mir eine erzählen? Eine Schweizergeschichte? – Annemarie steht auf, holt Bleistift und Papier. Ich fühle mich bedrängt. Eine Geschichte! Einfach so, aus dem hohlen Bauch heraus. – Schon sitzt Annemarie wieder neben mir. Wozu brauchst du eine Geschichte? frage ich. – Ach, sagt sie, ich bin nicht nur Ladenbesitzerin, bin auch Puppenspielerin. Von Zeit zu Zeit geben wir: Viola, ihre Kinder, Theo, mein Mann und ich Vorstellungen. Bald hier, bald wo anders. Aber manchmal geht mir der Stoff aus. Letztes Mal spielten wir die Geschichte einer vergifteten Pflanze. Es war wohl nicht das richtige Thema. Amerikaner können mit Umweltgedanken anscheinend nicht viel anfangen. Amerika ist für sie in Ordnung. – Komisch, denke ich. Ist dieses Land großzügig auf Kosten der Umwelt? – Eigentlich habe ich keine Lust, mir eine Geschichte auszudenken. – Ich schlage Annemarie die Heidigeschichte vor. Sie kommt mir als erstes in den Sinn. Doch Annemarie schüttelt energisch den Kopf. Nein, nein, nicht die Heidigeschichte. Sie ist in Amerika grauenhaft verkitscht worden. Ich könnte sie nicht mehr spielen. Weißt du, was extreme Feministinnen über sie sagen? – Keine Ahnung, sagte ich. Sie behaupten, die Beziehung Großvater – Heidi sei nichts anderes als eine verklärte Inzestgeschichte. Damit haben sie mir meine liebste Kindergeschichte kaputt gemacht. Kannst du meine Wut und meine Traurigkeit verstehen? – Ja, ich finde es unglaublich und Johanna Spyri würde sich im Grab umdrehen, wenn sie das wüsste. – In diesem Glaspalast fällt mir nichts Schweizerisches ein. Annemarie, lass mir etwas Zeit. – Ich gehe nach draußen, brauche dringend frische Luft, möchte zuerst in Ruhe über meinen Bruder nachdenken. Dass er mit seiner Frau und seinen Kindern auch noch Theater spielt, hätte ich ihm nie zugetraut – Lerne ich ihn erst jetzt wirklich kennen? – Die Geschichte! – Noch fällt mir keine brauchbare Geschichte ein für Annemarie.

Langer Abend mit Viola
Verbringe am 13. 3. einen langen Abend mit Viola. Zuerst führt sie mich in eine Kirche. Hier findet eine Versammlung von Feministinnen statt. Sie halten sich gegenseitig kurze Referate. Ich verstehe Bahnhof. Zwischendurch tanzen verliebte Frauen eng umschlungen. Nur wenige rauchen. Zigaretten, sagt Viola, sind in Amerika verpönt. Die meisten Frauen essen pop–corn und trinken Coca Cola. – Später fahren wir zu einer Cafeteria. Eigenartig, dieses kühle Lokal. Hier gibt es keinen beißenden Rauch, keinen Lärm, kein Gedränge, keine Essgerüche, wie ich sie vom „wieße Sägel" her kenne. Nur saubere Stille. Jeder Gast trägt auf seinem Tablett sein selbst zusammen gestelltes Essen an einen polierten Tisch. Auf allen Tischen brennen Kerzen. Doch auch sie vermögen die air – condition Atmosphäre nicht zu erwärmen. – Nach dem Essen setzen wir uns wieder ins Auto und fahren zu einem kleinen Konzertsaal. Wir setzen uns ganz vorne hin in die erste Reihe. So entgeht mir kein Wort, kein Ton, keine Regung und Bewegung der Sängerin Susan Asburn. Unglaublich, die Ausstrahlung dieser Frau! Sie hat eine tiefe warme Stimme. So etwas Uneuropäisches habe ich noch nie erlebt. Ihre Stimme füllt den Raum. Es ist, als ginge die Sonne auf. Susan ist eine rundliche, schöne Frau. Sie trägt einen schwarzen Hosenanzug. Im Halsausschnitt glänzt eine Perlsteinkette. Honigtropfen auf weißer Haut. Das dunkle

Haar ist glatt zurück gekämmt und die Zöpfe hat sie mit bunten Bändern verziert. – Susan liebkost ihre Instrumente, nimmt sie in den Arm, als wären es Kinder: Die Gitarre und eine kleine Zither. Sie entlockt ihnen Töne, die für mich neu sind. Lose Blätter liegen auf dem Boden zwischen ihren Füßen. Oft schiebt sie sie hin und her. Manchmal wirft sie einen Blick auf diese Blätter. Es sind wohl Liedertexte. Sie trifft eine Auswahl und singt und singt, als wäre sie allein, weit weg mit sich und ihren Melodien. – Vor dem Einschlafen denke ich noch lange an Susan. – Vergeblich suche ich nach einer Schweizergeschichte für Annemarie. Ich finde keine und schlafe ein.

Annemarie
Heute, Samstag, ein sehr warmer Tag. Mückenschwärme in der Luft. Stechmücken. Annemarie lädt mich zu sich ein. Sie wohnt in der Nähe von Viola in einem ähnlichen Haus. Wir trinken Kräutertee in ihrer blauen Küche. In den vielen blau – weiß Tönen spielt das Licht. Ein ganzer Sonnenstrang durchzieht die Küche. Wie bei mir zu Hause. Ich schwärme von diesem Licht. Doch Annemarie sagt, im Sommer sei es viel zu heiß hier und die Mücken wären eine fürchterliche Plage. Sie hätte die Übergangszeiten viel lieber. Was den Zauber von Annemaries Küche ausmacht, ist wohl die Mischung von Märchenhaftem und Wirklichkeit: Bilder und Küchengeräte, Esswaren, Kräuter, Früchte, eine zerschlissene Spitzendecke auf einem ausgedienten Stuhl, getrocknete und gemalte Blumen, über dem blauen Heizkörper das Bild einer Hexe. Sie reitet auf dem Besen in einen sanft schneienden Himmel hinein. – Ich stehe lange vor diesem Bild. Hast du es gemalt, Annemarie? – Nein, meine Tochter Lena. Sie gehört zu den emanzipierten Amerikanerinnen, die sich Hexen nennen. Die Hexe spielt auch in amerikanischen

Frauenstücken eine große Rolle. Sie reitet auf dem Besen in ihre neu erkämpfte Freiheit. Dass diese Freiheit Kampf bedeutet, kann Lena mit Dokumenten belegen. Sie hat vor zwei Jahren eine Stelle gegründet für geschlagene und vergewaltigte Frauen. Ich habe an einem Frauenkongress erlebt, wie sich meine Tochter für die Rechte der Frau einsetzt. Nun aber malt sie wieder. Komm, ich zeig dir mein Lieblingsbild. Sie hat es mir zum Geburtstag gemalt.

Annemarie führt mich in ihr Schlafzimmer. Eine romantische Schweizerlandschaft hängt über ihrem Doppelbett. In der Mitte des Bildes sitzt, umgeben von Ziegen, ein Hüterbub auf einem Baumstrunk. Er ist barfuß. Sein Hut liegt im Gras. Er scheint müde zu sein, lässt den Kopf hängen, hat einen Stecken in der Hand. Über ihm Vögel, Felsen, Tannen. In der Ferne Berge im Dunst. Ich verstumme vor diesem Bild, schaue nur noch die großen Vögel an und plötzlich weiß ich, was ich suchte für Annemarie. Es ist die Geschichte aus dem alten Schulhaus, die Geschichte des Hüterbuben Thomas Platter. Seine Angst vor Raubvögeln, Bären und Ziegen. Was er über sich selber sagt, werde ich nie vergessen: „Hatte nichts an denn das Hemdlein, weder Schuh noch Hütlein." – Kinderschicksale, Kinderängste! –

Wie hab ich um Bruno gezittert, als er nicht mehr reden konnte. Ich habe immer die Tendenz, beim Erbarmen und bei der Angst stehn zu bleiben. Der kleine Thomas wuchs über die Angst hinaus und ist ein Wegbereiter geworden für viele Menschen.

Annemarie erwartet wohl, dass ich etwas sage zu ihrem Bild. Ich sage nur: Dein Bild erinnert mich an eine Geschichte, die du vielleicht spielen könntest und ich erzähle ihr, was ich über Thomas weiß. Der Stoff fasziniert sie. Bis in die Nacht hinein sitzen wir in der blauen Küche. Wir reden über Alpen, Berge, Tiere, über das frühere und über das heutige Leben der Hirten und Bauern und wie sehr sich alles geändert hat. Annemarie will wissen, wie mein Bruder und ich aufgewachsen sind. – Hinter all ihren Fragen spüre ich ihr Heimweh nach der Schweiz, während mein Bruder der alten Heimat nicht nachzutrauern scheint.

Merkwürdig, dachte Justus, hier bricht Luise einfach ab. Kein Wort vom Abschiednehmen, keine einzige Bemerkung über New York. Immerhin ist New York eine Weltstadt. Ich stelle sie mir grandios vor, die Stadt am Meer mit ihren Wolkenkratzern, Hochhäusern, Parkanlagen, dem Brodway. Und Menschen aller Rassen aus allen Erdteilen. – Dann die krassen Gegensätze Arm – Reich, Elendsviertel und Villenquartiere. Und Luise hat nichts dazu zu sagen? – Warum wohl? Ob sie schon zu Hause ist? – Justus stellte ihre Telefonnummer ein und schon war ihre Stimme da.

Grüß dich, Luise. Du bist wieder zu Hause?

Ja, seit drei Tagen.

Hab deinen Bericht gelesen. Mit Interesse, muss ich sagen. Aber weißt du, was mir fehlt?

Ich kann es mir denken. Über den Abschied, den Tag in New York und über den Flug nach Hause schrieb ich kein Wort mehr. Ich wurde krank, hatte eine Migräne, mir war schwindlig und schlecht, konnte die Stadtrundfahrt durch New York nicht mitmachen. Alois fuhr mit Annemaries Tochter Lena durch die Stadt. Und ich lag in ihrem Bett. Nun bin ich Gott sei Dank wieder zu Hause. Alles in allem war es eine sehr schöne Zeit.

Gut, Luise, dann bin ich froh. Leb wohl. Ich melde mich wieder.

Die Agnestöchter

Unangemeldet standen sie an einem Sonntagmorgen im Mai vor Luises Haus: Die Agnestöchter Bärbel und Marei.
Ob er zu Hause ist, unser Bruder? – Komm, Marei, setz dich zu mir auf die Bank, bis jemand kommt. Es wird nicht lange dauern. Luise ist eine Frühaufsteherin. Bin gern hier an der warmen Hauswand. Es war schon als Kind mein Lieblingsplatz, wenn wir mit den Puppen und den Katzen spielten.
Das waren noch Zeiten!
Marei, du sprichst ja wie eine alte Frau, die ihrer Vergangenheit nachtrauert.
Kann schon sein. Stimmt leider. Momentan macht mir das Leben nicht groß Spaß.
Warum denn?
Warum, warum! – Weiß auch nicht. Kennst meine Hauptbeschäftigung?
Ich denke schon. Du bist Blumenbinderin, hast immer mit Blumen zu tun.
Ich mache Totenkränze, Totenkränze und immer wieder Totenkränze. Es kommt mir vor, als müsste ich ganz Zürich damit beliefern. Und ganz Zürich schaut zu, wie ich vereinsame. – Draußen scheint jetzt die Sonne. Ich merke in Zürich nichts davon. Jeden Tag stehe ich in einem kühlen Schuppen. Um mich herum nichts anderes als Grünzeug, Blumen, Moos, Zweige, Schere, Zange, Draht, Stroh, Kreppapier, hässliche breite Bänder mit Inschriften und wenn ich zwischendurch, sozusagen als Abwechslung mal Sträuße machen „darf", kommt der Chef angerauscht und kontrolliert und kritisiert. Der Strauß muss „ihm" gefallen, nur ihm, nicht mir. – Als ich mich um die Stelle bewarb, sagte die Berufsberaterin, Blumenbinderin sei ein sehr kreativer Beruf. Sie kennt meinen Chef nicht. Sie hat keine Ahnung, wie unsorgfältig er umgeht mit Angestellten, mit seiner Frau und sei-

nem eigenen Beruf. Was versteht er schon von Blumen! Sie sind Ware für ihn, nichts anderes.

Marei fing an zu weinen. Bärbel nahm ihre Schwester in die Arme. Sei nicht traurig, Kleine. Steig einfach aus. Mach etwas anderes.

Marei stand auf, verwarf ihre Hände. Was denn, Bärbel, was? rief sie so laut, dass Türen sich öffneten. Aus der Werkstatt kam Alois und unter der Haustüre stand Luise in ihrer weißen Sonntagsbluse. Marei erschrak. Freudiges Erschrecken. Das kann doch nicht wahr sein: Zwei Menschen lachen uns an, kommen auf uns zu, heißen uns willkommen! Und ich dachte, wir wären nur eine Fotografie in der Landschaft. Nun steht tatsächlich mein Bruder vor mir und ich höre mich sagen: Alois, Gott sei Dank bin ich bei dir. Und er sagt: Marei, Bärbel, endlich seh ich euch wieder. Ihr seid die besten Frauen, die ich kenne.

Luise nickte. Sie fand das auch. Alle saßen sie nun, eng aneinander gedrückt, auf der Bank vor dem Haus und erzählten sich ihre Erlebnisse, ihre Nöte, ihre Freuden. – Menschen, die zufrieden sind, ziehen andre Menschen an. Glück schien in der Luft zu liegen an diesem Sonntag. – Bruno kam daher gerannt und rief schon von weitem: Mein Reh aus dem Wald gekommen zu mir. Hat ein junges Reh geboren. Will es euch zeigen. – Sie gingen hinüber zum Gutshof und bewunderten das Rehkitz. Es lag neben seiner Mutter im Gras. Reto meinte, die Rehmutter würde ihre zukünftigen Jungen alle hier gebären, weil sie hier gepflegt worden sei. Tiere treuer als Menschen, si, si !

Als Theresa ein gemeinsames Spaghettiessen vorschlug, wurde sie mit lautem Hurrah begrüßt.

Marei kam nicht aus dem Staunen heraus. Auf diesem kleinen Fleck Erde erlebte sie in kurzer Zeit so viel Gastfreundschaft. – Wo gehen sie jetzt alle hin? fragte sie ihren Bruder. In die Küche, wohin denn sonst! Wenn eine italienische

Mama ihr Sonntagsessen kocht, ist sie umgeben von der ganzen Familie. Die Küche ist das Zentrum. In ihr wird nicht nur gekocht, es wird auch getrunken, gelacht, geredet und geredet, gesungen und getanzt. Ein Essen zubereiten, kann sich bei Italienern ganz schön in die Länge ziehen. Es ist ein Gemeinschaftserlebnis. Doch ich möchte dich noch ein wenig für mich allein haben, Marei. Gehen wir doch zu den Moossteinen.

Sind sie immer noch da, die Steine aus der Kindheit?

Ja, sie sind noch am selben Ort. Reto hat sie nicht weggekippt. Er weiß, was schön ist.

Alois nahm seine Schwester an der Hand und ging mit ihr zu den fünf Steinen hinter dem Haus.

Ich setz mich hieher, auf meinen Stein, sagte Marei. Und du?

Ich setze mich auf Bärbels Stein neben dich.

Alois, woran liegt es, dass ihr euch alle so gut versteht?

Ich denke, es liegt am Berg.

Das ist wohl nicht dein Ernst! Euer Zusammenleben hat mit dem Berg doch nichts zu tun.

Da bin ich mir nicht so sicher.

Du meinst, in einer abgelegenen Gegend halten die Menschen eher zusammen?

Kann schon sein, ja. Aber, wie gesagt, der Berg tut das Seine dazu.

Du glaubst an solche Dinge?

Warum sollte ich nicht? Diese Landschaft hat ihre Ausstrahlung. Wenn ich meine Büscheli mache, oben im Wald, spür ich verborgene Kräfte und die helfen mir. Unsere Moossteine! – Sie sind doch auch ein Landschaftswunder. Wir wissen nicht, woher sie gekommen sind. Sie waren einfach immer da.

Das tönt alles so geheimnisvoll, Alois.

Ist es ja auch. – Und die Stadtwunder, willst du ihnen nicht auf die Spur kommen? Wir könnten zusammen deine Stadt auskundschaften, damit sie dir vertrauter wird. Seit Amerika habe ich Lust auf Entdeckungsreisen. Auf innere und äußere.

Du sprichst schon wieder in Rätseln. Was meinst du mit der inneren Entdeckungsreise?

Wenn wir zwei durch Zürich bummeln und das werden wir bald einmal tun, entdecke ich nicht nur alte Häuser und Gassen, Kirchen und Museen, den See mit seinen Ufern und Tieren und was es sonst noch zu sehen gibt. Nein, dann habe ich vielleicht die Chance, dich zu entdecken, Marei. Du und Bärbel, ihr seid so früh von zu Hause weggegangen und ich spüre erst jetzt diesen Verlust. Ich hab riesige Nachholbedürfnisse, möchte meine erwachsenen Schwestern kennen lernen.

Was hast du für Erinnerungen an uns?

Du warst die Streitbare. Hast dich gewehrt, vor allem gegen Erwin und Klara.

Sie waren Verbündete. Musste mich wehren gegen sie. Manchmal mit Kratzen und Beißen und Heulen, denn sie nannten mich oft „kleines Biest". Das tat weh.

Und Bärbel, was war sie für dich?

Die Sanfte, die Nachgiebige, die Stille.

Stimmt, sie hat sich mit Sanftmut gewehrt. Sie war die Klügere und immer hat sie zu mir vom Weggehen gesprochen. Ich wusste: Wenn sie geht, werde ich auch gehen und da, wo sie hingeht, werde ich auch hingehen.

Beide seid ihr für mich... O Gott, ich hab noch nie einer Frau ein Kompliment gemacht.

So mach es doch, dein Kompliment. Es täte mir gut. Ich lebe momentan wie ein Mauerblümchen, nicht in einem Blumentopf, sondern in einem Blumenschopf.

Alois stand auf von seinem Stein, streckte Marei beide Hände entgegen. Sie ließ sich hochziehen.

Du bist kein Mauerblümchen, Marei. Du bist ein Goldschatz und schöner als deine schönsten Blumen. – Er umarmte und küsste sie. Sie ließ es geschehen. Es wurde ihr wind und weh und warm ums Herz. Doch dann sagte sie und löste sich von ihm: Wir dürfen nie ein Liebespaar werden, Alois. Wir sind Geschwister.

„Halbgeschwister", korrigierte er sie.

Trotzdem: Wir haben keine Chance.

Ach, du, lass doch geschehen, was im Moment so schön ist. Lass es einfach geschehen.

Er hat recht, dachte Marei und ein Spruch, den sie vor kurzem im „Brückenbauer" gelesen hatte, kam ihr in den Sinn.

Sie schaute ins Leere und Alois fragte: Woran denkst du?

An einen Spruch, der im Moment gerade zu mir passt, vielleicht auch zu dir. Manchmal schwimmen Gedanken einfach davon.

Schreib ihn auf, deinen Spruch, bevor er weg ist.

Ja, er heißt...

„Prego mangiare" tönte es aus dem Küchenfenster und schon kam Bruno angerannt. Alois fing ihn auf in seinen Armen. Wart schnell, Bruno, nur einen Augenblick. Marei muss mir etwas sagen.

Marei schüttelte den Kopf. Der Spruch ist weg und die Spaghetti werden kalt, wenn wir hier stehn bleiben. Komm, wir gehen.

Alois lachte. So ein Pech. Vielleicht taucht der Spruch in einem Glas Wein wieder auf.

Als Alois mit Marei die Küche betrat, waren alle schon mit Essen beschäftigt. Es herrschte eine fröhliche Stimmung. Zwischen Reto und Theresa waren zwei Plätze frei für Alois und Marei. Sie setzten sich. Reto schenkte Wein ein, prostete ihnen zu und Theresa füllte ihre Teller mit Spaghetti.

In ein gutes Essen eintauchen können, ist eine wunderbare Sache. Theresa, ich hab noch nie so gute Spaghetti gegessen, sagte Marei. – Hervorragend sind sie, rief Bärbel und hob ihr Glas.

Marei schaute ihre Schwester an. Was ist mit ihr passiert? – Sie kommt aus sich heraus. Eben klang ihre Stimme, wie sie schon lange nicht mehr geklungen hat: Hell, fröhlich! Ihre Augen glänzen. – Carlo! Theresas Sohn, der sprühende, junge Italiener. Sein Arm liegt auf Bärbels Schulter. Hat sie sich? – Hat er sich? – Ging es ihr wie mir? –

Macht Liebe blind oder hellsichtig? Das fragte sich Luise, bevor sie einschlief nach diesem langen, glücklichen Tag.

Und Marei, zurück in Zürich, schrieb vor dem Schlafengehen ihren Spruch auf für Alois. Er war wieder aufgetaucht. Sie malte ihn mit Buntstiften auf ein Blatt Papier: „Verglichen mit der Ewigkeit dauert unser Leben ein paar Minuten. Es wäre also äußerst dumm, diese Minuten unglücklich zu verbringen."

Briefe

Lieber Theo, obschon uns ein riesiger Ozean trennt, fühle ich mich dir und deiner Familie sehr nahe. Bin froh, hab ich euch kennen gelernt. Sehe euch in Gedanken am runden Tisch sitzen, pop–corn essen, Cola trinken, plaudern und lachen. Wenn Viola lacht, glänzen ihre Augen und sie hat dann etwas Unwiderstehliches an sich. In ihrer Nähe ist es warm und schön. – Amerika war eine gefüllte Zeit für mich. Und wohl auch für Alois. Er wird bestimmt wieder einmal über das große Wasser zu euch fliegen. Für mich war es höchste Zeit, endlich herunterzukommen von meinem Berg, um einen Blick zu tun in eine andre Welt. Leider hab ich, weil mir in New York so übel war, das Meer verpasst. Ich hätte den Unterschied spüren wollen zwischen dem Bodensee und dem Meer. Wir nennen ja unsern See nicht umsonst das „Schwäbische Meer". Das bedeutet, dass der Bodensee auch etwas von der Unendlichkeit des Meeres in sich hat. – Schweizer Städte, das ist mir aufgefallen, lassen sich mit amerikanischen Städten nicht vergleichen. Wir gehen noch immer zu Fuß auf unsern Straßen. Und bei euch ist das Auto Ersatz für die Füße. Ich hoffe, dass es dazu nie kommen wird in der Schweiz. Eine veramerikanisierte Welt wünsche ich mir ganz und gar nicht. Coca-Cola im hintersten Bergdorf, wozu? – In meinen Augen sollten die Länder ihre Eigenheiten, ihre Besonderheiten, auch ihre eigenen Produkte pflegen und beibehalten. Findest du nicht auch? – Du hast mich am Tag vor unserer Abreise noch gefragt, wer momentan der meist gelesene Dichter sei in der Schweiz. Ich konnte dir keine Antwort geben, war einfach nur verblüfft über deine Frage. Seit wann interessierst du dich für Lesestoff? „Literatur" sagen die Gebildeten, die Gescheiten in unserem Land. – Aber wir, du und ich, gehören doch nicht dazu. Oder? – Könnte es sein, dass wir beide nachholen möchten, was wir in jungen

Jahren verpasst haben: Die sogenannte Bildung? – Ich finde es ganz toll, dass du nebst deiner Arbeit als Farmer in Annemaries Theater mitspielst. Du hast den Mut, in deinem Leben Verschiedenes auszuprobieren. Du machst so Vieles und hast dabei immer eine gute Laune. Bitte sag mir, was ihr als Nächstes spielen werdet in eurem Puppentheater. – Alois hat jetzt mit dem Lehrerseminar angefangen. Mich dünkt, dass er alles, was er in jenen alten Mauern hört und sieht, in sich aufsaugt wie ein Schwamm. Ich profitiere auch davon. Alois wird nicht ungeduldig, wenn ich ihm Fragen stelle und ich frage viel. Habe ihn übrigens gefragt, welcher Dichter momentan der bekannteste sei in unserm Land. Er hat mir gleich drei Namen genannt: Dürrenmatt, Frisch und Peter Bichsel. – Von Bichsel hat er mir ein dünnes Büchlein ausgeliehen: „Des Schweizers Schweiz". – Ich habe es gelesen und mir ein paar Stellen herausgeschrieben. Für dich, falls es dich wirklich interessiert: „Die gemäßigte Sozialisierung hat dazu geführt, dass der Durchschnittsschweizer ein Besitzender geworden ist. Er ist bereit, den Bodenspekulanten zu schützen, weil er damit auch sein Blumengärtchen schützt. Man nennt das Toleranz. Wir sind ein wohlhabendes Land. Armut ist hier eine Schande. Man gibt sie zum mindesten nicht zu und macht es damit den Reichen leicht. Aber auch Reichtum wird bei uns in der Regel diskret verdeckt. Geld ist hier etwas Intimes. Von seinem Geld spricht man nicht."
Alois hat mir gesagt, alle drei Schriftsteller, die er mir genannt hätte, würden sich kritisch auseinander setzen mit der Schweiz. Und im Seminar würden sie, die junge Generation, es auch tun. Der Geschichtsunterricht sei somit lebendig und spannend. Er lerne, ganz neu über unser Land nachzudenken.
Nun mach ich Schluss für heute. Draußen scheint die Sonne. Ich trage den Brief noch zum nächsten Briefkasten. Es wird ein Spaziergang werden im Abendlicht. Zum Glück ist Som-

merzeit. Gibt es sie auch in Amerika? Dir und den deinen sendet herzliche Grüße Luise.

Liebe Luise, danke für deinen Brief. Es ist gut, haben wir endlich einen Draht gefunden zueinander. Ich freue mich, dass du meine Familie kennst und gern hast. Ich liebe sie über alles und ich liebe auch meine Arbeit. Sie ist vielfältig und das ist mir wichtig. Weißt du, zum Theaterspielen hätte Annemarie ja einen Studenten engagieren können. Unter ihnen gibt es genügend talentierte Burschen. – Nein, sie hat mich genommen, den ganz gewöhnlichen Landarbeiter. Sie weiß natürlich, dass ich auch ein Handarbeiter bin und die Musik liebe. Habe immer mein „Schnuregiegeli" bei mir. Ich richte bei jedem Auftritt die Bühne her, sorge für Beleuchtung, bin Geräuschemacher, Platzanweiser, Aufräumer. Im Organisieren war ich schon immer gut. Eines Tages fehlte, kurz vor der Aufführung, der junge Musiker, mit dem wir das Stück „Vergissmeinnicht" eingeübt hatten. Er kam nicht, tauchte auch später nicht auf. Der Saal war voll besetzt. – Theo, was machen wir jetzt? rief Annemarie verzweifelt. – Ich sagte: Soll ich Mulörgeli spielen und Schweizerlieder singen? Ich bin gerettet, rief Annemarie. Sie fiel mir um den Hals, gab mir einen Kuss. Sie war begeistert von meinem Vorschlag. Es funktionierte alles bestens. Nach der ersten Szene sang ich aus voller Kehle: „Dört äne am Bärgli, dört stoht e wießi Geiß. I ha se wöle mälche, do haut sie mer eis." – Ich sah, dass Annemarie hinter dem Puppentheater in Tränen ausbrach. Ich rannte zu ihr, flüsterte ihr ins Ohr: „Sing mit bim nöchschte Lied, sing mit. S' isch guet gege s'Heiweh." – Sie tat es. Wir sangen noch etliche Schweizerlieder. Es hat ihr geholfen. Musikalische Einlagen sind seither beliebt. Annemarie und ich singen oft zusammen. Manchmal singt sie allein. Sie hat eine kristallklare Stimme. Ich begleite sie auf meinem Örgeli. Swiss country music nennen es die Zuschauer und oft singen sie mit. Sprachlich gibt es dann ein wundervolles Kauderwelsch. – Doch Tim, Annemaries Mann, sagte eines Tages: Ihr solltet einen Schritt weiter gehen, anspruchsvollere Stücke spielen. Wie wäre es denn mit dem „Urfaust"? – Annemarie schrie ihren Mann an: Bist du wahnsinnig, ausgerechnet ein so schweres Stück! – Doch Tim schlug vor, den Text zu kürzen, die Regie zu übernehmen und die Hauptrolle, den Faust, zu spielen. – Nun war Annemarie begeistert. Wir machten uns an die Arbeit. Es war eine Riesenarbeit. Aber sie hat uns alle erfüllt und ich habe zum ersten Mal in meinem Leben klassische Verse auswendig gelernt, mich zum ersten Mal mit Goethe befasst. Ich suchte dann im Lesebuch meiner Mutter, das sie mir vor langer Zeit mitgegeben hatte auf meine Amerikareise, Goethegedichte. Ich fand ein einziges: den „Osterspaziergang". „Vom Eise befreit sind Strom und Bäche..." Ich lernte das Gedicht auswendig. Es gefällt mir sehr. Bei der Feldarbeit singe ich es manchmal vor mich hin mit eigenen Melodien. Je nach Stimmung, je nach Farbe von Himmel und Erde, tönt es so oder so. – Viola lebt ihre Fantasie auch aus. Zusammen mit Annemarie macht sie die Puppen. Reinste Wunderwerke. – Die Kinder helfen mit. Mary hat eine Hexe kreiert. Die Buben möchten am liebsten den „Wilhelm Tell" spielen. Ich hab ihnen schon viel von ihm erzählt. – Im Moment bin ich spielmüde. Es wartet so viel Feldarbeit auf mich. Es ist kein Alois mehr da, der mithilft. Ach, wie war das schön mit ihm zusammen! Ich muss den Sommer über mein Hirn auslüften und einfach in den Tag hinein leben können. Ich habe nie das Gefühl, etwas verpasst zu haben im Leben, weil ich das Kind eines armen Bauern bin. Du hast schon recht: Wir gehören nicht zu den Gebildeten. Was macht das schon! In Amerika spielt es keine Rolle. – Ich brauche geistige Nahrung wie du und nehme sie mir, wo immer ich sie finde. Unsere Eltern haben sie auch gebraucht. Ich bin erstaunt, was Mutter in ihrem Lesebuch alles angestrichen, unterstrichen, mit Ausrufezeichen und Kreuzchen versehen hat. Etliche Gedichte im Buch sind mir vertraut. Mutter hat sie auswendig aufgesagt, vor allem an Regensonntagen, wenn sie am Fenster saß und strickte. Ich mochte ihre Stimme und ihre Betonungen. – Vater im Wald! Kannst dich erinnern? Immer wieder stand er still und hielt uns Baumvorträge. Ich fand es meistens langweilig. Und heute würde ich ihm gespannt zuhören. – In Mutters Lesebuch hab ich nachgeschaut, ob auch Thomas Platter erwähnt ist. Und siehe da, ein Herr Kelterborn schreibt sechs Seiten über ihn. Ich werde Annemarie diesen Text zum Lesen gaben. Sie schwankt nun hin und her zwischen dem Geißhirt Thomas oder Wilhelm Tell. Beides ist anspruchsvoll. Sie wird die Wahl mit ihrem Mann zusammen treffen müssen. Er spielt wieder mit, denn er ist gut. – Luise, du weißt bestimmt, dass ich bald Geburtstag habe. Darf ich etwas wünschen? Würdest du mir ein Buch schenken von Bichsel? Ich möchte wissen, was ein Schweizer Schriftsteller über die Schweiz schreibt. Meine Wurzeln stecken noch immer im heimatlichen Boden, obschon ich ein glücklicher Amerikaner geworden bin. – Es grüßt dich herzlich dein Theo.

Modern time?

Die moderne Waschmaschine: „Eine der großartigsten Er-
findungen unseres Jahrhunderts", dachte Luise, als sie früh
am Morgen Wäsche aufhing an vier dünnen Drähten. Wäsche im Wind! Flatternde, gut riechende Wäsche! – Und nicht
nur mein Zeug hängt da. Ein elendes kleines Häufchen. Nein,
im Korb sind wieder Männerhemden, Männerunterwäsche,
Leintücher, riesige Taschentücher, große Socken. Alles wie
damals, als ich unsere, Jakobs und meine, Wäsche an den
Drähten festmachte. Mit Holzklammern, versteht sich. Doch
nicht diese elenden Plastikklämmerchen, dünn und zerbrechlich. – Werde beim Blindenverein wieder Holzklammern
bestellen. – „Holz", das war dein Material, Jakob! – Du würdest übrigens staunen, könntest du Theresas Waschmaschine sehen. Sie ist eine blitzschnelle, unübertrefflich schnelle
Waschfrau aus Stahl. Ihr tut kein Rücken weh beim Waschen.
Sie dreht sich im Kreis herum und wenn sie genug gedreht
hat, steht sie still und ich hole mir die Wäsche aus ihrem
runden Bauch. Alois und ich dürfen sie auch benützen, für
wenig Geld sogar. In Gedanken hör ich dich sagen: Siehst
du, Luise, für so was braucht es einfach Männer. Sie sind die
Erfinder in unserer Welt. – Da muss ich dir hundertprozentig
recht geben. Leider erfinden Männer auch hundertprozenti-
gen Quatsch: Panzer, Waffen, viel zu schnelle Autos, Atom-
bomben, Atomenergie. – Damit wärst du auch nicht einverstanden, Jakob. Schade, kann ich mit dir nicht mehr darüber
reden.
Schon am frühen Nachmittag war die Wäsche trocken. Luise rückte den Küchentisch zum offenen Fenster und fing an
zu bügeln. Sie hörte dazu eine kurze Sendung im DRS1 über
open air in den Alpen. – Was zum Kuckuck soll das heißen:
„open air"? – Warum reden sie nicht deutsch und warum

lassen sie unsere Alpen nicht in Ruhe? – Luise suchte nach einem andern Programm. Doch alles kam ihr unerträglich mittelmäßig vor. Soll die Welt nur noch aus Wettbewerb, Unterhaltung, aus „fun" bestehen? – Energisch stellte sie das Radiokästchen zur Seite. Manchmal taugst du gar nichts, sagte sie und bügelte weiter, als gälte es, einen Bügelwettbewerb zu gewinnen.

Ein lauter, ein bekannter Pfiff ließ sie aufhorchen. Sie schaute zum Fenster hinaus. – Justus! Er winkte. Luise winkte zurück. Dann räumte sie die Bügelsachen weg und stellte zwei Tassen auf den Tisch.

Hali – Halo! rief Justus vor dem Haus, klopfte an die Türe und trat herein. Lass dich anschauen, Luise. – Er umarmte sie. Bist noch dieselbe. Hatte schon Angst, die energische Amerikanerin mit der gelben Schürze hätte dir dein Haar abgeschnitten. Ist zum Glück nicht passiert. Du bist okay.

Seit wann sagst du „okay"?

Komische Frage. Weil es Mode ist, weil es alle sagen.

Setz dich, Justus. Soll ich einen Kaffee machen?

Ja, mach einen. Aber sag, ärgert es dich, wenn sich fremde Wörter bei uns einnisten?

Manchmal schon.

Das war zu allen Zeiten so. Nach der französischen Revolution wimmelte es in der Deutschschweiz von französischen Wörtern.

Wirklich? – Was denn für Wörter? Fang einmal an damit. Vielleicht kommen mir auch welche in den Sinn. – Nimmst Zucker in den Kaffee?

Ja, gern. – Also, ich fang an: Boutique, Trottoir, Coiffeur, merçi, salu, Etui, Masseur, Dompteur, Restaurant ...

Stop, Justus, stop, hab auch etwas gefunden in meinem Kopf: Garage, Portemonnaie, Perron, Serviette ...

Siehst du, alle diese Wörter sind längst integriert in unsere Sprache. Sie stören doch nicht.

Du hast recht. Mir fallen seit Amerika nun die englischen Wörter auf.

Und warum ärgern sie dich?

Ich will nicht, dass unsere Dialekte untergehn, zu Schrott werden. Meine Eltern hatten noch ihre ureigene, unverfälschte Sprache.

Ja, weil sie immer am selben Ort lebten, immer mit ihresgleichen in Berührung kamen. Doch die Welt verändert sich, ist mobil geworden. Willst du das Alte festhalten? Das passt doch nicht zu dir, Luise. Sprache ist lebendig, ist in Bewegung, wie ein Fluss. Sie erneuert sich und es sind die Jungen, die Neues kreieren. Ich find das faszinierend. Wenn ich im „wieße Sägel" hocke, etwas trinke und mit jungen Leuten ins Gespräch komme, höre ich viele neue Wörter, lustige Wörter, Selbsterfundenes. – Frische, junge Wörter sind wie frische Brötchen, schmecken gut, sind knusprig.

Kannst mir ein Beispiel nennen?

Ja, kann ich. Ob du's verstehst?: Mega geil, cool, heavy, easy going, Komposti, Grufti, abhotten (tanzen) Do lisch ab. S'isch mer igfahre. Ich tschäggs nid (ich verstehs nicht). I mues hirne (ich muss denken). – Wo hat unser Wörtergespräch nun angefangen?

Beim Wort „okay". Bruno sagt dieses Wort übrigens auch schon. Er hört seinen Brüdern genau zu und ist stolz, wenn er so reden kann wie sie.

Luise, nun bin ich aber gespannt, ob du den neusten Plan, den ich in meinem Kopf hin und her wälze, auch okay findest. Es geht um meine Agnestöchter. Reto hat mir im „wieße Sägel" natürlich brühwarm erzählt, was sich an euerem Spaghettiessen zwischen seinem Sohn und meiner Tochter ereignet hat, nämlich Liebe auf den ersten Blick. – Kurz darauf erhielt ich von Bärbel einen Brief, was selten vorkommt. Ich wusste also: Hier steht etwas Wichtiges drin. Und so war es auch. Bärbel schlägt ganz kühn vor: „Vater, lass Carlo und mich aus dem Gutshof einen Gasthof machen. Wir lieben uns, wir wollen heiraten." – Bärbel meint, das Haus wäre groß genug für zwei Familien. Die Castaldis könnten weiter Gemüse anbauen und sie würde mit Carlo die Wirtschaft führen. Er sei ein prima Kellner, würde sich eignen für das Gastgewerbe und Marei müsse auch mittun. Sie könnte einen Garten anlegen, Blumen pflanzen und verkaufen, Hühner zutun, eine Kutsche und Pferde, denn Kutschenfahrten seien wieder das Allerneuste. – Luise, was sagst du zu alledem?

Du wirst lachen, Justus, ich habe mir das auch schon ausgedacht. Deine beiden Töchter, so früh getrennt von ihrer Mutter, wollen beisammen sein. Gib ihnen diese Chance.

Du magst recht haben, obschon ich mir nicht so sicher bin, ob Marei das will. Wir werden es ja sehen. Ich geh jetzt nach Hause und schreibe meiner Tochter Bärbel einen Brief. Freu mich schon auf die Hochzeit. – Bis bald, Luise.

Neues entsteht

Es lagen an einem trüben Sommertag wieder einmal verschiedene Zeitungen auf Luises Tisch. Unter andern auch das Bauernblatt, für das sich Luise nach wie vor interessierte. Die Schweizer Illustrierte und ein Magazin hatte Alois am Kiosk gekauft, gelesen und an Luise weiter gegeben. Er kannte ihren Lesehunger.

Luise setzte sich an den Tisch, holte aus der Schublade ihr liniertes Heft und war nun schreibbereit. – Justus hatte kurz nach ihrer Amerikareise zu ihr gesagt: Schreib weiter, Luise, solltest ja deinem Rücken zuliebe nicht mehr den ganzen Tag draußen arbeiten. Und Memoiren sind etwas Kostbares. Auch die meinen?

Ja, auch die deinen. Und falls du einmal ein Gedicht findest oder selber eins schreibst, werd ich es vertonen.

Luise fand im Bauernblatt tatsächlich ein Gedicht. Sie schrieb es in ihr Heft. Es hieß „Reisesegen."

> „Möge der Weg dir
> freundlich entgegenkommen,
> der Wind niemals
> gegen dich stehen,
> Sonnenschein dein Gesicht bräunen,
> Wärme dich erfüllen.
> Der Regen möge deine
> Felder tränken.
> Und bis wir beide uns wiedersehen
> Halte Gott dich schützend
> In seiner großen Hand."

Zuerst las Luise das Gedicht nur mit den Augen. Ein zweites Mal las sie es mit leiser Stimme. Und ein drittes Mal las sie es laut. Es gefiel ihr. Aber sie hörte in sich keine Melodie zum Gedicht. Es braucht keine Vertonung, stellte sie fest. Sprache allein hat ihren eigenen Klang.

Aus dem Bauernblatt schrieb sie noch Folgendes ab: „Wir erleben es in unserer Landschaft immer deutlicher: Die mastigen, gedüngten Wiesen sind arm an Blumen. Die Magerwiese ist heute zur Blumenwiese geworden. Und wo ist die Vielfalt der Schmetterlinge geblieben? – Eine Frau aus dem Seeland meint, Bäuerinnen seien das Unterholz und dort passiere das Wesentliche. Frauen würden ohnehin sensibler reagieren auf Landschaft und deren Veränderung."

Mit dem letzten Satz war Luise gar nicht einverstanden. Wenn ich an meinen Vater, an Jakob, an Theo, an Alois denke, spüre ich ihre Liebe zur Landschaft. Es ist ihnen nicht gleichgültig, dass sie zubetoniert wird, somit verloren geht. Ich könnte nicht behaupten, dass Frauen sensibler reagieren auf Landschaftsveränderung. – Doch der kargen Wiese möchte ich mit ein paar Worten ein Kränzchen winden. Ewa so:

„Magermilch,
Milch der Armen.
Magerwiese
Reiche Wiese
Singende Wiese."

Würde Justus dies als ein Gedicht bezeichnen und vertonen? – Glaub's eigentlich nicht. – Den „Reisesegen" will ich weiter geben an Theo. Er, der so liebevoll umgeht mit der Natur. Schützend und bewahrend. – Und einen Segen kann man nicht für sich allein behalten.

Luise schrieb das Gedicht nochmals mit großen Buchstaben auf ein großes, weißes Blatt, faltete das Blatt zusammen, steckte es in ein Couvert und schrieb Theos Adresse drauf. Bruderherz, das schick ich dir und nun muss ich sehen, wie es bei uns auf dem Bauplatz weitergeht.

Luise öffnete das Fenster und schaute hinaus. Trotz der Unruhe, die ein Umbau mit sich bringt, war sie fasziniert vom

ganzen Geschehen. Und sie freute sich auf die Agnestöchter.
– Die große Parterrestube des Gutshofes konnte sie sich als
Gaststube bestens vorstellen. Und sie sah in Gedanken Ti-
sche und Bänke und Gäste unter den Kastanienbäumen. „Der
Hausplatz wird gepflastert“, hatte Carlo ihr erklärt. Seine
Stelle als Kellner hatte er gekündigt und war nun sein eige-
ner Bauherr. Zusammen mit einem Kollegen, einem jungen
Zimmermann, hatte er mit großem Eifer gezeichnet, gerech-
net, geplant. Nun ging es ans Werken. Die ganze Castaldi-
familie half mit.
Wo ein Bauplatz ist, sind auch Zuschauer. Luise entdeckte
Justus mit seiner Tochter Lore. – Sie friert, dachte Luise,
nahm ihren blauen Schal, verließ das Haus, ging auf Lore
zu, brachte ihr den Schal...
Danke, Luise. Aber weißt, was: Ich komm gern ein wenig zu
dir in die Küche. Darf ich? Machst mir einen Pfefferminz-
tee? – Pfefferminze wächst hier oben ja wild zwischen den
Steinen. – Hier, ich hab ein paar Blätter abgerissen. – Hattest du auch so komische Gelüste während der Schwangerschaft?
Ja, ich musste jeden Tag frischen Spinat essen. Schon auf
dem Feld aß ich ihn und zu jedem Mittagessen gab es Spinat-
salat. Ein einziges Mal hat Jakob rebelliert: Mach endlich
wieder einmal Kopfsalat!
Und später, das tote Kind, war es... ? Ach, blöde Frage!
Es war so bedrückend, dass Jakob und ich einander oft stumm
gegenüber saßen am Küchentisch. Wir aßen wenig, weinten
viel. Jakob gehörte zu den Männern, die sich ihrer Tränen
nicht schämen. – Als unser Mutterschaf „Frieda“ drei Junge
warf, ging es uns besser. Wir hatten wieder Gesprächsstoff,
fühlten uns wieder verantwortlich für unsere Tiere und unser Land.
Dann kam der Agnestod. Vater hat mir erzählt, dass er für
euch auch eine Chance gewesen war.

Das kann man tatsächlich sagen. Wir standen vor einer Aufgabe und haben sie erfüllt. – Wir mussten ja die Starken sein, weil es deinem Vater so schlecht ging. – Warum willst du das alles wissen, Lore?

Ach, weißt du, es sind momentan zwiespältige Gefühle in mir. Mein Kind wollte ich auf keinen Fall abtreiben. Aber wenn ich mir vorstelle, dass es mein zukünftiges Leben blokkieren wird, könnte ich ausflippen vor Verzweiflung. – In der Bibliothek holte ich mir ein Buch über „Mutter und Kind". Wollte mich doch informieren. Ich las das Buch bis zur Hälfte. Dann hab ich es weggeschmissen und laut geschrien: „Aus mir wird nie eine gute Mutter!" – Du musst wissen: Laut Buch hat eure Generation alles falsch gemacht. Alles, Luise. Wie sollte ich es denn recht oder besser machen können! – Meine Mutter traut mir gar nichts zu. Sie sagt, ich sei eine, die lügt und stiehlt und mit jedem Typ flirtet. Stimmt, ich bin immer auf Männersuche und werde nie den Richtigen finden. Aber lügen und stehlen, du kannst es mir glauben, das tu ich schon lange nicht mehr.

Ich glaub es dir, Lore.

Würdest du geschehen lassen, was Mutter von mir verlangt: Das Kind weggeben zur Adoption?

Nein, ich würde es nicht tun.

Meine Schwestern freuen sich auf mein Kind. Es wird zwei liebevolle Tanten haben, die es hegen und pflegen. Vater hat mir draußen auf dem Bauplatz gesagt, dass auch er sich freue auf sein erstes Enkelkind. – Luise, ich möchte am liebsten bei euch, hier auf dem Rorschacherberg im künftigen Gasthaus als Serviererin arbeiten. Würden sie mich anstellen?

Ich könnte es mir denken, doch du musst Carlo und Bärbel selber fragen. Bin die Nachbarin, will mich da nicht einmischen. Etwas anderes kann ich für dich tun.

Was denn?

Könnte für dein Kind nähen und stricken. Oder hast schon alles beisammen, was so ein Kleines braucht?

Nein, ganz und gar nicht. Du willst mir helfen? – Mir fällt ein Stein vom Herzen. Du bist Gold wert, Luise. Wirst du mir zeigen, wie man Strampelhosen, Jäckchen, Socken, all das komplizierte Zeug strickt?

Ja, ich zeig's dir gerne. Wir können es zusammen tun.

Ich möchte morgen schon damit anfangen.

Gut, ich bin einverstanden. – Luise öffnete die Tischschublade, nahm aus ihrem Portemonnaie fünfzig Franken und gab sie Lore. – Lies dir die Wolle selber aus, bring auch ein Strickheft mit und die passenden Nadeln.

Luise, ich danke dir. Ich glaube, ich fange an, mich auf mein Kind zu freuen.

Am See

Der Sommer ging dem Ende zu, als Luise sich entschloss, im Bodensee zu baden.

Heute muss es sein, sonst ist der Sommer weg. Heute werde ich dem Bodensee zeigen, dass ich schwimmen kann, trotz der Jahre, die ich auf dem Buckel habe.

Der Zufall wollte es, dass Luise unten am See Lore entdeckte. Sie saß auf einer Bank und strickte. – „Hoi", rief Lore, die Luise kommen sah. Setz dich zu mir. Freu mich, dich zu sehen. Was hast denn alles in deinem großen Korb?

Mein Mittagessen, mein Strickzeug, mein Badkleid und ein Frottiertuch.

Willst du tatsächlich schwimmen gehen?

Ja, ich muss mir beweisen, dass ich nicht nur eine Bassin-, sondern eine Bodenseeschwimmerin bin. Es trifft sich gut, Lore, dass du hier bist. Hütest du, während ich schwimme, meinen Korb? Das Picknick reicht für zwei. Habe irgendwo im Geheimen gehofft, dich anzutreffen. Manchmal habe ich so etwas wie einen sechsten Sinn.

Das kenn ich auch. Also: Viel Vergnügen im Wasser!

Luise nahm ihr Badkleid und das Frottiertuch aus dem Korb, ging über ein kleines Stück Bahngeleise und blieb auf dem Steg, der zur Badanstalt führte, einen Augenblick stehen. Der Geruch von warmem, feuchtem Holz war wieder da, erinnerte sie an frühere Zeiten. Sie hatte das Badegelände nie ohne Theo betreten dürfen. X-mal hatte sie zu ihm gesagt: Hier riecht es gut. So besonders. – Und seine Antwort war immer dieselbe geblieben: Ja, ja, hier riecht es wie sonst nirgends auf der Welt. Aber komm jetzt! – Die Ungeduld in seiner Stimme hatte sie jeweils irritiert und meistens hatte sie gefragt: Schwimmst nicht gern mit mir?

Es geht so. Du weißt doch, Mutter will es so haben.

Luise, während sie sich in der Badhütte umzog, spürte noch einmal die Atmosphäre von früher. Ihre Abhängigkeit vom großen Bruder. – Die Beschützerrolle, das wusste sie, hatte Mutter ihrem Sohn eingehämmert: „Bueb, pass uf's Meitli uf!" – Für Mutter war der große See nichts anderes als die große Gefahr, die Angst, das Kind könnte ertrinken. Also musste der Bub die Verantwortung übernehmen.

Kinder, die weit weg auf den Hügeln wohnen und auf den Hügeln arbeiten müssen, haben keine Kollegen, keine Freundinnen unten im Städtchen am See. Sie müssen mit sich selber zurecht kommen. Das ist manchmal recht hart, denn sie möchten auch zu einer Gruppe gehören.

Luise nahm es ihrem Bruder nicht mehr übel, dass er so früh weggezogen war von Zuhause. Sie dachte vielmehr: Er hat sich, um selbständig zu werden, befreien müssen von vielen Zwängen. Es ging gar nicht anders.

Luise verließ die Badanstalt und tauchte in den See ein, ohne Angst und ohne Beschützer. Sie genoss jeden Zug und schwamm weit hinaus zum Floß. Dort ruhte sie sich aus. Die Sonne wärmte ihren Rücken. Es war keine aggressive Sonne mehr. Schon lag herbstliche Milde in der Luft. Sie schaute hinüber zum deutschen Ufer und wünschte sich, einmal von dort drüben das Schweizerufer mit der Säntiskette im Hintergrund sehen zu können. –

Wie aus einem Urgrund stieg ein Gedicht aus der Schulzeit in ihr auf. Geschrieben von... Was hatte der Lehrer gesagt?... Von einem adligen Fräulein? – Sie hat einen langen Namen. Hieß sie nicht..? – Ja, sie hieß Annette von Droste-Hülshoff und das Gedicht fängt so an: „Ich steh auf hohem Balkone am Turm, umstrichen vom schreienden Stare."

Ich, die Luise, schaue den Möwen zu und höre ihr Schreien. Annette hat die Stare gehört. – Da ist noch eine Zeile im Gedicht, die in meinem Kopf hängen geblieben ist, weil die Dichterin „Wasser" auf ihre besondere Art beschrieben hat:

„Und drunten seh ich am Strand, so frisch wie spielende Doggen, die Wellen."

Luise spielte mit ihren Füßen im Wasser und ihr war, als würde aus der Tiefe des Sees Annettes Gestalt auftauchen: Hoch geschlossenes Kleid aus längst vergangener Zeit. Schmales Gesicht. Komplizierte Frisur, hohe Stirne, große Augen. –

Dein Bild, Annette, das einzige Frauenbild, dein Gedicht das einzige Frauengedicht in meinem Lesebuch.

„Hallo, Luise"! – Von wo kam diese Stimme, dieser helle Ruf? – Ach, du bist es, Andreas?

Ja, auch ein angehender Pfarrer muss ab und zu schwimmen und seine Sünden abwaschen! – Und du, was suchst du in der Tiefe, was murmelst vor dich hin?

Hab mit Annette von Droste-Hülshoff geredet.

Andreas Eberle schwang sich aufs Floß, setzte sich neben Luise. Gestattet, schöne Frau?

Sie nickte und lachte.

Du hast es also mit einem adligen Fräulein zu tun?

„Fräulein" nennst du sie? Heute würde man „Frau" sagen.

Hast schon recht. Das Wort „Fräulein" verschwindet zum Glück. Nun sollten wir noch das „Sie" in unserer Sprache begraben. Mein Nachbarpfarrer, – er kommt aus Dänemark, spricht seine Gemeindeglieder mit „du" an. Sie nennen ihn Peter und seine Frau ist nicht die Pfarrfrau, sie ist die Anna. Wohltuend einfach. – Du und ich, wir sagten eines Tages einfach „du" zueinander. Es ergab sich. Ohne feierlichen Akt. – Das war natürlich zu Drostes Zeiten ganz anders.

War sie eine Noble?

Sie hat eine Noble sein müssen, kam aus westfälischem, katholischem Uradel, hatte eine selbstbewusste, dominierende Mutter, die wahrscheinlich Annettes innerstes Wesen nicht erkannt hat.

Kennst dich aus in Annettes Leben?

Nein, nur ein paar Spuren von ihr hab ich mir gemerkt aus einem Buch. Ich besuchte mit einer Konfirmandenklasse die Meersburg und wollte den Jungen etwas über die Droste sagen. Schließlich ist sie eine Nachbarin, wenn auch am andern Ufer. Wir haben Annettes Zimmer, ihre Landschaft gesehen. Aus ihrem Turmfenster schauend hab ich mir ein Bild machen können von ihrer großen Einsamkeit. Hab auch gelesen, was sie über Moore, Pflanzen, Menschen und Tiere schrieb. – Aber jetzt, Luise, kann ich nicht mehr an die Droste, kann nur noch ans Essen denken. Hab solch einen Hunger! – Schwimmst mit mir zurück? Essen wir zusammen?

Ich habe ein Picknick mitgenommen und teile es mit Lore. Sie wartet am Quai, sitzt auf einer Bank und strickt für ihr Kind.

Gut, dann hol ich mir Wurst und Brot am Kiosk, esse mit euch, wenn ihr es erlaubt, und zum Kaffee lade ich euch in unsere Stammbeiz ein.

Nach dem gemeinsamen Picknick saßen sie dann zu dritt am runden Tisch im „wieße Sägel". – Luise, noch immer mit der Droste beschäftigt, fragte den Vikar: Andreas, hatte sie eigentlich einen Schatz?

Du meinst die Annette? Ob sie einen Geliebten hatte? Das Wort „Schatz" war nicht salonfähig in vornehmen Kreisen. – Bist immer noch bei ihr in Gedanken?

Ja. Was du mir auf dem Floß erzählt hast, interessiert mich. Ich würde gern noch mehr wissen über sie, würde auch gern ihr Schloss in Meersburg sehen.

Gute Idee. Da könnten wir einmal zu dritt hinfahren. Einverstanden, Lore?

Natürlich. Toll! Ich werde mein Baby mitnehmen. Es wird bald soweit sein. Ich spür es.

Diese Fahrt ins Nachbarland wäre also geplant. – Doch nun zu deiner Frage, Luise. Annette hat auch geliebt und wie. Vergöttert hat sie ihn, den Levin Schücking. Er war viel jünger als sie. Er war ein Jüngling (so sagte man damals), als er sie kennen lernte. So viel ich weiß, wohnte er eine Zeitlang bei ihr. Sie machten endlose Spaziergänge miteinander und führten endlose Gespräche. Doch im Bett passierte nichts, rein gar nichts. Annette hat keine stürmischen Liebesnächte erlebt. – Später, nach seiner Heirat mit einer jungen Frau, nannte Levin sie nur noch „lieb Mütterchen."

Lore schüttelte den Kopf. Das ist echt gemein. Findest du nicht?

Doch, find ich auch.

Und sie hat sich nicht gewehrt?

Wohl kaum. Sie wollte den Angebeteten nicht verlieren, also gab sie sich zufrieden mit seinen etwas dürftigen Gefühlen. – Aber du hast vollkommen recht: Mit dem Namen „Mutter" wird immer wieder Schindluderei getrieben. Es muss Annette gekränkt haben, das Wort „Mütterchen", zumal sie von ihrer Mutter wenig Mütterlichkeit erfuhr. Von ihrem Vater wurde sie geliebt. Und Wärme und Geborgenheit und Nahrung schenkte ihr Katharina Plettendorf, ihre Amme.

Sie wurde nicht von der eigenen Mutter gestillt?

Nein, sie hatte eine Kinderfrau. In vornehmen Familien war das üblich.

Unglaublich, so etwas. Komische Mutter! – War Stillen etwas Unanständiges?

Vielleicht.

Kannst du das verstehen?

Nein, ich hatte eine ganz normale, robuste, liebe Mutter.

Lore wollte die Sache genau wissen. – Die Amme muss also ein eigenes Kind gehabt haben, sonst hätte sie ja nicht stillen können. Hatte sie denn Milch für zwei Kinder?

Wahrscheinlich hatte sie nicht genug für die beiden. Annette war eine Frühgeburt, zart und schwächlich. Sie wurde immer als Erste gestillt. Katharina hat dem fremden Kind den Vorzug geben müssen. Es war ihre Pflicht. Sie war im Dienst einer Herrschaft. Katharinas Kind ist zu kurz gekommen, ist gestorben.

Hat sich Annette später als Dichterin keine Gedanken darüber gemacht? Hat sie darüber geschrieben?

Nein, mit dieser Problematik hat sie sich nicht auseinander gesetzt. Sie schreibt liebevoll über Katharina, der sie schließlich ihr Leben verdankt. Doch gesellschaftskritische Fragen wurden nicht gestellt zu Drostes Zeiten. Nachdenken über Ungerechtigkeit und soziale Unterschiede war nicht in, kam erst später.

Andreas schaute auf seine Uhr. – Ich muss gehen, hab noch viel zu tun.

Darf ich nur schnell noch etwas fragen? bat Lore.

Ja, frag.

Dürfte ich an Bärbels Hochzeit in der Kirche ein Lied singen für das Hochzeitspaar?

Tolle Idee, Lore. Du bist eine mutige Frau.

Eigentlich hat es nichts mit Mut zu tun. Ich hatte einen Traum und dieser Traum sagte mir: Schenk deiner Schwester ein Lied zur Hochzeit. Und nun muss ich es einfach tun.

Was wirst du singen?

Ein eigenes Lied. In meinem Kopf schwirren Melodien herum, Wörter, Gedanken, Gefühle. Ich muss auch gegen meine Traurigkeit singen, muss meinem Schmerz, dass Peter mich verlassen hat, Raum geben. Die Musik hilft mir. Sie tröstet mich. Gewisse Lieder werden mich immer an Peter erinnern. Wir haben uns im Wald geliebt und wir haben im Wald miteinander Lieder gesungen. Ich weiß, dass er der Vater meines Kindes ist, auch wenn er es nicht wahrhaben will.

Schade, hat er nicht den Mut, den du hast. Du stehst zu deinem Kind, leistest deiner Mutter Widerstand. Und er, der Lehrerssohn... ein Muttersöhnchen? – Vielleicht bin ich ungerecht. Bin halt auch ein Arbeiterkind, kenne die Härte des

Lebens. – Lore, ein Vorschlag: im Parterre des Pfarrhauses gibt es ein großes Zimmer, daneben ein Badestübchen. Da kannst du wohnen, bis du weißt, wie es in deinem Leben weiter gehen soll. Und wenn du Hilfe brauchst, dann geh in die Mütterberatung, sie findet auch im Pfarrhaus statt.

Ich kann also tatsächlich im Pfarrhaus logieren?

Ja, kannst du, auf jeden Fall.

Wird dich mein Kind nicht stören, wenn es schreit?

Nein, ich wohne unter dem Dach. Die Pfarrwohnung in der Mitte bleibt vorläufig leer. Unser Pfarrer ist noch immer im Sanatorium und ich bin sein Vertreter. Gut, hab ich mit euch essen und reden können. Tschau zäme!

Hochzeit

Jakob, schau dir das an!

Luise stand am Fenster und schüttelte den Kopf.

Muss es heute regnen, ausgerechnet heute, an Bärbel und Carlos Hochzeitstag? – Weißt was: Ich werde nicht meinen Knirps, ich werde deinen Schirm mitnehmen, den großen, schwarzen Männerschirm. Er lässt keinen Tropfen durch, ist noch tadellos in Ordnung. Hab Sorge getragen zu ihm. Hab ihn nie ausgeliehen, nirgends stehen lassen. – Wenn du noch da wärst, Jakob, würden wir heute zusammen unter deinem Dach hinunter gehen in die Stadt. – Das Hochzeitspaar nimmt nun den gemeinsamen Lebensweg unter die Füße, auch wenn es im Auto zur Kirche fährt! – Ich mach mich auf den Weg mit deinem Schirm.

Luise stellte sich, bevor sie ging, nochmals vor den Spiegel im Schlafzimmer und sah sich kritisch an. Glitzerfäden im Rock, passt das zu mir? Jakob, was meinst du? – Glitzer ist momentan große Mode. Die Bluse, die kennst du noch. Ich trug sie an unserer Hochzeit und dann an vielen Sonntagen. Sie kommt aus der guten, alten Zeit. Oder ist das einfach ein so dahin gesprochenes Wort, eine Behauptung, vielleicht sogar eine Lüge? – Was soll's ! Komm, wir gehen! – Würdest du mich heute noch zur Frau nehmen, wenn du mich jetzt sehen könntest? Oder würdest du achtlos an mir vorbeigehen, weil ich alt geworden bin? –

Ich lass die Frage hier im Raum stehen, Jakob. Du musst sie nicht beantworten.

Luise zog ihren hellen Regenmantel an, nahm den großen Schirm zur Hand, schloss die Haustüre zu und lief hinaus in den Regen.

Gottseidank hab ich mich für dein Dach entschieden, Jakob. Es beschützt mich. Eigentlich ein Wunderwerk, so ein

Schirm! Wer hat ihn sich ausgedacht? Da sind wir ja schon wieder bei den Erfindern. Männer sind die Erfinder in unserem Jahrhundert. So weit ich mich zurück erinnern kann, sind sie es. Nicht die Frauen. – Wie war das Wetter an unserm Hochzeitstag? Wüsstest du es noch? – Es hat nämlich auch geregnet, ein ganz feiner Nieselregen. Und nach der Trauung, als wir aus der Kirche kamen, schien eine milde Herbstsonne und dann machte der Fotograf ein Foto von der ganzen Hochzeitsgesellschaft und bevor er abdrückte, sagte er: Bitte recht freundlich, meine Herrschaften, und alle haben auf Kommando gelächelt. – Petrus hätte uns heute, da es ja November ist, einen Altweibersonnentag schenken können. Hatte er keinen mehr zur Verfügung? – Bin so gespannt auf Lores Lied. Wird sie den Mut haben, allein zu singen? Ein Regenlied? – Susan Asburn, die Sängerin mit der weichen Stimme, damals, in Amerika, hat auch ein Regenlied gesungen: „rain, rain for all my flowers...“ Nur so viel weiß ich noch.

Tausenderlei ging Luise auf ihrem Gang zur Kirche durch den Kopf. Wie sehr sich doch alles mischt im Leben: Vergangenes, Heutiges, Fernes und Nahes. –

Von weitem hörte sie das Läuten der Kirchenglocken. Sie stand einen Moment still. Hochzeitsglocken! – Dann beschleunigte sie ihre Schritte. Sie wollte auf keinen Fall zu spät kommen. – In der Kirche hatte sich eine große Festgemeinde versammelt. Luise setzte sich in die hinterste Bankreihe. Sie wollte ungestört, sie wollte für sich allein sein. Auch allein mit den Erinnerungen. Den Schirm legte sie auf den Boden unter ihre Füße. Er darf nicht verloren gehen. –

Hätte nie gedacht, dass so viel Leute kommen würden: Junge Italiener, ältere Leute aus Rorschach, wohl solche, die Agnes noch gekannt hatten. – Agnes und Justus! Sie waren damals ein schönes Paar. Hab nie ein schöneres gesehen.

Zu Beginn der Feier spielte der Organist „Großer Gott, wir

loben dich". In der Hälfte des Liedes ging die Türe auf, die Brautleute kamen herein, gefolgt von den Trauzeugen Marei und Alois.

Luise erschrak. Die Zeiten gerieten ihr durcheinander. Bärbel sah aus wie ihre verstorbene Mutter Agnes. Luise konnte das Lied nicht mitsingen. Tränen tropften ins Gesangbuch. Es war bei ihr oft so: In feierlichen Momenten, die mit Freude und Erwartung zu tun hatten, musste sie weinen. Ging es aber in der Öffentlichkeit um Schmerz und Verlust, erstarrte sie in sich. Am Grab ihres Mannes hatte sie keine Träne geweint. Niemand sollte ihren Schmerz sehen, niemand.

Der junge katholische Geistliche und Vikar Eberle gestalteten den Gottesdienst gemeinsam. Ökumenische Gottesdienste waren möglich, weil die beiden Pfarrer gut miteinander zurecht kamen. Das wirkte sich auch auf die Familien aus. Sie stritten sich kaum mehr untereinander, wenn erwachsene Kinder gemischt heirateten. Sie ließen einander gewähren in ihren gegenseitigen Glaubensansichten.

Menschen halten noch immer den Atem an, wenn ein junges Paar sich vorne beim Taufstein oder beim Altar Treue verspricht. – Es war mucksmäuschenstill in der Kirche. Das Jawort der Braut, das Jawort des Bräutigams wollten alle hören. Ewige Treue. Treue bis hin zum Grab.

Luise schaute in die flackernden Kerzen. – Sie brennen viel zu schnell und ein Menschenleben kann an zwei Enden brennen. Dann erlöscht es auch viel zu schnell. –

Ihre wehmütigen Gedanken lösten sich auf in den italienischen Liebesliedern, die Carlos Kollegen dem Brautpaar sangen. Eine heitere Atmosphäre breitete sich aus in der Kirche. Bärbel war so begeistert von den Liedern, diesem gesungenen Hochzeitsgeschenk, dass sie, nachdem der letzte Ton verklungen war, in die Hände klatschte, worauf alle Anwesenden ebenfalls klatschten, winkten und Wörter des Dankes riefen.

Luise erinnerte sich, dass Vikar Eberle im Spital einmal zu ihr gesagt hatte: „Geistliche und weltliche Lieder sollten wir nicht voneinander trennen. Gott und die Welt gehören überall zusammen." – Er hat recht. So ist es und die Ausländer mit ihren Liedern gehören auch dazu.

Es wurde wieder still in der Kirche. Vikar Eberle ging auf Lore zu. Sie saß in der vordersten Bankreihe. „Komm, Lore", sagte Andreas. Sie nickte, blieb noch einen Moment sitzen, stand dann behutsam auf und ging langsam, etwas gebückt zum Taufstein.

Andreas sagte: Nun hören wir ein Lied von Lore Schuhmacher. Sie hat es für ihre Schwester Bärbel komponiert und einen Text dazu geschrieben. Es ist ihr Hochzeitsgeschenk.

Lore hielt sich am Taufstein fest, versuchte, gerade zu stehen. Und sang mit ihrer klaren, schönen Stimme sehr langsam und leise:

> „Wo ist der Weg, den ich gehen kann?
> Was fang ich mit meinem Leben an?
> Die Lichter gehen alle aus,
> Der Wind hat sie verweht.
> Eure Liebe wird bestehn.
> Wird niemals, niemals untergehn.
> Kein Wind wird sie verwehn…"
> „Wehen, Wehen, Wehen.!"

Andreas verstand ihre Sprache. Sie war für ihn deutlich genug. Er hatte fast damit gerechnet. – Reto! rief er durch die ganze Kirche. Komm mit! Wir brauchen dein Auto.

Andreas führte Lore zur Kirche hinaus. Das Auto stand bereit. Sie stiegen ein. Es ging alles schnell. Eine Stimme rief: Ich komme mit. Es war Bärbel. Und eine Männerstimme rief: Komm auch mit! Carlos Stimme.

So endete die kirchliche Feier und im Spital gebar Lore eine gesunde Tochter. Sie gab ihr den Namen „Dorothea". Das Gottesgeschenk.

Marei

„Der Kaffee ist fertig. Klingt das nicht unheimlich zärtlich?"
sang es aus dem Radiokästchen. Luise summte die Melodie
mit, ließ sich verzaubern von der Atmosphäre dieses Liedes.
Es gaukelte ihr eine Welt vor, die für sie nicht existierte, die
sie sich aber manchmal erträumte, weil die Sehnsucht so groß
war. Sehnsucht nach Liebe und Geborgenheit. Wenn er doch
käme, mit mir Kaffee trinken würde, mich dann mitnähme
auf eine Fahrt über den Bodensee! Der Kapitän im weißen
Dampfer! Der Träumer, der auch gerne Fischer wäre, um
nahe am Wasser zu sein. – „Alles nur Bubenträume. Wann
endlich wird aus ihm ein Mann, der das Leben sieht, wie es
nun einmal ist", hatte Klara gesagt, als wir uns stritten, kurz
vor ihrem Umzug. – Hat sie ihn je geliebt? Er sie ? – Luise,
Luise, sei still. Es geht dich nichts an. Tu deine Arbeit! – Bin
ja dran. Bin am Backen. Haferguzis nach Mutters Rezept.
Zur Eröffnung der neuen Beiz hier oben auf dem Rorscher-
erberg. – Jakob, muss ich dir gegenüber ein schlechtes Gewissen haben, wenn ich an Justus denke, ihn manchmal mit
allen Fasern meines Herzens herbeisehne? – Ach, was rede,
was spinne ich alles vor mich hin! Muss einen Moment frische Luft tanken. Bin viel lieber draußen als drinnen. Arbeit
in der Natur weitet den Horizont, ist für mich das Beste. Bin
dann mit Pflanzen, Tieren, mit Himmel und Erde in Verbindung.
Luise trat vor ihr Haus. Auf der hölzernen Bank saß Marei,
still, in sich gekehrt.
Bist du traurig, Marei?
Ooooo, Luise! Du mit deinen Antennen, deinem ewigen Spür-
sinn. Willst immer wissen, wie es den Agnestöchtern geht?
Ja, verzeih.
Bist ja schlimmer als eine Mutter.

Hab ich auch schon zu mir selber gesagt. Was soll denn nicht gut sein am Mutterinstinkt?

Das weißt du doch, Luise. Eine Mutter, die alles beobachtet, erörtert, durchleuchtet, alles zu verstehen glaubt, ist erdrükkend. Ich habe momentan Schwierigkeiten mit der Atmosphäre hier oben.

Warum?

Spürst du's nicht? – Rund um den Gutshof ist alles so furchtbar fruchtbar. Mörli säugt ihre Jungen drüben in der Scheune. Henne Berta nimmt ihre Küken unter die Flügel. Lore stillt in Bärbels Stube ihr Kind mit Inbrunst und redet von nichts anderem mehr. Jedes Gramm Milch wird besprochen. Bärbel erwartet ein Kind, ist völlig verklärt, völlig entrückt. Hätte nie gedacht, dass eine nüchterne Krankenschwester sich so verändern kann in kürzester Zeit. Hoffentlich wird sie wieder die Frau, die sie bis vor kurzem noch war. – Oder bin ich einfach eine stocksaure, vielleicht sogar missgünstige Ente? Das wäre allerdings schrecklich. Ich werde wohl nie ein Kind haben, so, wie mein Leben jetzt aussieht, frage mich aber, wie es wäre, wenn ich eins hätte. Würde meine Welt dann eng, klein, dem Kind angepasst?

Die Welt muss doch nicht klein werden, wenn du ein Kind hast.

Bin mir eben nicht so sicher, Luise. Der Verkleinerungseffekt ist riesengroß. Ich höre im Coop, in der Migros, im Zürchertram, auf Spielplätzen, im Botanischen Garten, überall, wo Leute sind, genau hin, wie Mütter mit Kindern umgehen. Nicht alle, aber die meisten reden ähnlich mit ihnen wie die Krankenschwestern mit alten Patienten: Eine Babysprache. In der Flimmerkiste wird die Babysprache geradezu kultiviert.

Wie möchtest du denn sein als Mutter?

Ich? – Vielleicht so etwas wie eine Kollegin. Keine intime Freundin. Niemals. Zwischen den Generationen braucht es

Luft, Distanz. Kinder müssen sich lösen von ihren Eltern, um selbständig werden zu können.

Als grün denkende Frau hättest du wahrscheinlich gern grüne Kinder.

Bestimmt. Verantwortungsvolle, junge Menschen, das hätte ich gern.

Luise, aber du, nicht ich, du träumst von meiner zukünftigen Familie.

Ich werde einen andern Weg gehen als meine Schwester. Muss mich ein Stück weit von ihr lösen, das spüre ich ganz deutlich. Ich kann im großen Familienteich nur mitschwimmen und eine glückliche Ente sein, wenn ich meine Zukunft selber gestalte, unabhängig von allen Verwandten.

Du willst also nicht bei deiner Schwester wohnen und mithelfen im Betrieb?

Nein, es würde nicht funktionieren. Bärbel gehört nun in erster Linie zu ihrem Mann. Ihn, die neue Familie muss sie kennen lernen. Wie könnte sie sich entfalten, neu orientieren, wenn ständig eine Schwester ihren Alltag mitleben würde? – Es wäre nicht gut. Und ich möchte nicht das dritte Rad am Wagen sein. Habe mich in Zürich viel zu sehr an sie geklammert. Sie war meine Zuflucht, war aber auch, das spür ich im Nachhinein, mein Hemmschuh. Seit Alois mich ab und zu an Wochenenden besucht, ertrage ich meinen Arbeitsplatz besser. Die Tage sind nicht mehr erdrückend, grau und langweilig. Nein, sie sind voller Spannung. Denn ich freue mich auf jeden Aloisbesuch. Freu mich wahnsinnig! Wir erobern zusammen die Stadt. Alois macht mich auf Dinge aufmerksam, die ich bis jetzt nicht sah, nicht sehen wollte. Zürich war mir gleichgültig. Hätte nie gedacht, dass mir Glasfenster einer Kirche, Bilder in der Kunsthalle, Ausstellungen, Bücher so viel bedeuten könnten. Alois ist der große Entdecker. Wir hören uns auch Konzerte und Vorträge an, gehen zusammen ins Kino, bummeln durch die Altstadt und bewundern alte Häuser, hocken irgendwo in einer kleinen Beiz und haben es rundherum gemütlich miteinander. – Wenn er dann wieder weggeht, sind die Tage nicht leer. Wir schreiben uns Briefe. Luise, zum ersten Mal in meinem Leben führe ich eine Korrespondenz mit einem Mann, den ich liebe.

Und eure Zukunft?

Wir werden nie ein Ehepaar sein, wir sind Geschwister.

Wirst du in Zürich bleiben?

Nein. Ewig diese Totenkränze, nein danke! – Alois schaut sich in Rorschach um nach einer kleinen Wohnung für mich. Jöri wird ihm dabei helfen. Er kennt viele Rorschacherhäuser.

Und dann?

Ich hab einen großen Traum. Den werde ich mir erfüllen.

Was denn?

Ich möchte Schülergärten gründen und betreuen. Alois findet es eine Glanzidee. Er ist sehr daran interessiert, wird mit Kollegen und mit dem Rektor des Seminars darüber reden. Ihm ist es wichtig, dass Theorie und Praxis in der Schule nicht auseinander fallen. – Ich brauche den Kontakt zur Erde und ich spüre, dass Körper und Erde zusammen gehören. Die Kinder spüren es auch. In den Schülergärten, die ich in Zürich besucht habe, herrscht eine ganz andere Atmosphäre als im Schulzimmer und auf dem Pausenplatz. Beinahe jedes Kind freut sich, wenn in seinem Gartenbeet Pflanzen wachsen und gedeihen. Es geht im Schülergarten nicht um Leistung und Ehrgeiz, es geht um Wachsen, Blühen, Reifen und Vergehen. Das beschäftigt die Kinder und es ist gut, mit ihnen darüber reden zu können.

Marei, ich finde deine Idee auch eine Glanzidee.

Du kannst also verstehen, dass ich nicht Anhängsel einer Familie, sondern eigenständig sein möchte?

Das kann ich sehr gut verstehen, Marei. – Nun muss ich zurück zu meinem Teig, sonst trocknet er aus.

Und ich möchte noch einmal Dorothea sehen, bevor ich nach Zürich fahre.

Dort kommt sie, sagte Luise. In Brunos Armen! Der kleine Schlingel sollte im Kindergarten sein. Immer wieder streikt er, geht einfach nicht hin. Am liebsten arbeitet er draußen mit seinem Vater. Er weiß genau, was er will und die Eltern lassen ihn gewähren.

Ich war ähnlich, hätte in keinen Kindergarten gepasst. Die Spielzeugwelt war nicht meine Welt, sagte Marei und ging Bruno entgegen. Darf ich die kleine Dorothea einmal in die Arme nehmen, Bruno?

Si, si, ich jetzt mit Luisa Guzis ausstechen.

Du bist ein guter Babysitter, Bruno.

Ja, bin ich, sagte er stolz und verschwand in Luises Haus.

Die Schreibmaschine

An einem schönen Sonntagmorgen im Februar saßen Carlo, Bärbel und Luise draußen an der Wintersonne und tranken einen Cappuccino. „Himmlisches Getränk"! – Luise kam immer ins Schwärmen, wenn sie italienischen Kaffee trank.

Luise, Bärbel, was meint ihr, sollte unsere Beiz einen Namen haben? fragte Carlo die beiden Frauen.

Luise zuckte die Achseln. – Ich denke schon.

Was meinst du, Bärbel?

Nenn unsere Beiz doch einfach „Chez Carlo".

Nur meinen Namen? Du bist ja auch beteiligt am Geschäft.

Gewiss, aber der Gast soll zur Kenntnis nehmen, dass er bei uns Pizza oder Spaghetti essen, italienischen Wein und zum Nachtisch Cappuccino trinken kann. Für all das bürgt dein Name. Das Italienische, den Duft einer fremden Welt, vertrittst du, mein Schatz. „Chez Carlo" tönt geheimnisvoll, viel versprechend, weckt Erwartungen.

Danke für das Kompliment. Und es kommt dir kein anderer Name in den Sinn?

Doch: „Schwyzerhüsli" oder „Luftstube" oder „uf em Bärgli" oder „zum Alperösli"...Wie gefällt dir diese Auswahl?

Außer „Luftstube" tönt alles zu sehr nach Bratwurst und Rösti.

Das finde ich auch. So schreib oder mal mit deiner schwungvollen Schrift „Chez Carlo" auf den Türpfosten. Wirst du es tun?

Ja, irgendwann einmal. – Ich hab eine Frage an dich, Luise. Könntest du mir ab und zu helfen bei meinem Bürokram? Es wächst mir alles über den Kopf. Ich koche viel lieber als dass ich schreibe.

Ich eine Bürogehilfin? Hab nie in meinem Leben so etwas gemacht.

Justus hat mir gesagt, du hättest einen Bericht über Amerika geschrieben. Also wirst du auch Briefe schreiben können.

Geschäftsbriefe haben einen sonderbaren Stil, den ich absolut nicht beherrsche.

Ich auch nicht, Luise. Das tut nichts zur Sache. Ich tippe meine Wörter so in die Maschine, wie ich es für gut finde und es klappt. Die Lieferanten können meine Briefe lesen. Hauptsache: Ich bezahle ihre Rechnungen.

Du hast eine Schreibmaschine?

Ja, im Brockenhaus habe ich sie für wenig Geld gekauft. Kannst ausprobieren, ob dir das Schreibmaschinenspiel gefällt.

Ein Spiel nennst du es?

Warum nicht? Wenn ich mit Leichtigkeit an eine Sache herangehe, wird oft ein Spiel daraus. Die Buchstaben sind lustige Mitspieler. Mühelos würdest du sie kennen lernen.

Und Kochen, deine Arbeit, ist ebenfalls Spiel für dich?

Kochen ist alles: Spiel, Herausforderung, Beruf. Ein Beruf, in dem ich mich bewähren will und muss. Bis jetzt war ich nur der Kellner im Bahnhofsbuffet, habe fremde Gäste bedient und heute bin ich verantwortlich für eigene Gäste, die ich zufrieden stellen möchte mit italienischem Essen.

Gut, sagte Luise, wenn die Büroarbeit dir so auf den Magen schlägt, dann hol deine Maschine und stell sie auf meinen Küchentisch und zeig mir jetzt, bevor Gäste kommen, wie sie funktioniert.

Carlo sprang auf. „Super, Luise, super!" – Für die Maschine hab ich noch ein extra Tischchen gekauft. Das könntest du ans Fenster stellen. Soll ich es auch bringen?

Ja, bring alles, auch Papier, wenn du welches hast.

Luise, als sie dann auf dem passenden Stuhl, am kleinen Tisch, beim richtigen Fenster mit guter Beleuchtung vor der alten Schreibmaschine saß, sagte zu Carlo: So, nun bin ich eine Bürolistin.

Die Maschine scheint dir zu gefallen.

Ja, sie ist nun mein neustes Spielzeug, das es zu entdecken gilt.

Luise notierte, was sie wissen musste, dann spannte sie ein Blatt Papier ein, sagte „tschau, Carlo" und fing an zu schreiben. – Einen Brief an meinen Bruder? – Warum nicht!
Lieber Theo, zum ersten Mal in meinem Leben schreibe ich auf einer Schreibmaschine. Ich tippe langsam Buchstabe um Buchstabe und tippe oft daneben. Erinnerst dich noch an die Stenografiestunden bei Herrn Keller? Damals waren wir stolz, eine Geheimschrift zu kennen, von der unsre Eltern keine Ahnung hatten. Ich habe die seltsamen Stenozeichen vergessen, weil ich sie im späteren Leben nie mehr brauchte. Und du, hast du sie je angewandt? Mir macht das Tippen auf der Schreibmaschine viel mehr Spaß. Die Maschine gehört Carlo Castaldi. Ehemals war er Kellner im Bahnhofsrestaurant Rorschach. Er hat sich Hals über Kopf bei einem Spaghettiessen in Bärbel verliebt. Sie ist die älteste Tochter von Agnes und Justus. Ich war auch eingeladen zum Spaghettiessen, habe Bärbels „Liebe auf den ersten Blick" mitbekommen und mich darüber gefreut. Ich hoffe, dass sie den richtigen Partner gewählt hat. Ob wir die richtigen Partner wählen, das steht wohl immer in den Sternen geschrieben. Zu mir hat Mutter an meinem Hochzeitstag gesagt, ich solle Vertrauen haben in die Zukunft, nicht zweifeln an meinem Mann. Ehen würden im Himmel geschlossen. Ich will gerne daran glauben, auch wenn ich mich manchmal fragte: Braucht Jakob überhaupt eine Frau? Nimmt er mich überhaupt wahr? So still, wie er vor sich hin lebte. Jetzt, im Nachhinein, würde ich ihm den Spruch „stille Wasser gründen tief" zuordnen. Das ist ein schönes Bild für Jakob. Die Tiefe, die Lebendigkeit, auch die Kraft des Wassers. – Soll ich dir Bärbels Hochzeitstag schildern? – An jenem Tag ging alles drunter und drüber. Lore, Bärbels Halbschwester, bekam nämlich in der Kirche, während sie sang, Geburtswehen. Sie musste schnellstens ins Spital gebracht werden. Das

Hochzeitspaar fuhr mit im Auto. Bärbel, als ehemalige Krankenschwester, hätte es niemals über sich gebracht, Lore im Stich zu lassen. Sie wollte die Geburt des Kindes unbedingt miterleben. Klara, Lores Mutter, war wütend. Einfach nur wütend und verletzt. Ein uneheliches Kind ist für sie noch immer eine Schande. Klara fühlt sich unbeliebt und ausgeschlossen, weil ihr Mann eine andere Sicht der Dinge hat. Er steht voll und ganz hinter Lore und wird dem Kind ein guter Großvater sein. Das gemeinsame Nachtessen, wunderbares italienisches Essen in Theresas Küche, hatte etwas Versöhnliches. Das Brautpaar war wieder anwesend. Justus spielte zum Tanz auf. Als Alois ihn ablöste, tanzte Justus mit seiner Frau Klara. Ihr Gesicht wurde weich und hell. Kein einziges Mal hat Justus mit mir getanzt. Kein einziges Mal! Er wollte seiner Frau zu verstehen geben: Jetzt bist du an der Reihe, du ganz allein. – Hochzeitstage sind mysteriöse Tage! – Ich habe mir mit einem Glas Wein etwas Mut angetrunken und dann für Dorothea vor der ganzen Gesellschaft das Gedicht eines Indianers aufgesagt. Ich musste etwas tun für das neugeborene Kind, konnte über dieses spezielle Hochzeitsereignis nicht einfach hinweggehen. Klara hin oder her: Ich wollte, ich musste Dorothea willkommen heißen in der Familienrunde, obschon ich nicht zur Familie gehöre. – Kannst du es verstehen, Theo?
Hier das Gedicht:

> „Ho! Ihr alle: Sonne, Mond und Sterne,
> die ihr durch die Himmelsgegenden zieht,
> ich bitte euch, hört mich an!
> In eure Mitte ist ein neues Leben gekommen.
> Gebt eure Zustimmung, flehe ich.
> Macht seinen Pfad sanft,
> damit es den ersten Hügel erreiche."

Mit dem ersten Hügel sind die ersten Lebensjahre gemeint. So ernst nimmt der Indianer die Natur. Mich hat dieses Gedicht sehr berührt. Ich habe es in meinem Bauernkalender gefunden. Gefällt es dir? – Nun bin ich schreibmüde. Grüße bitte die ganze Familie von mir. Alles Liebe und Gute wünscht euch Luise.

Geburtstag

Es ist schön, in der Helle des Tages erwachen zu können.
Der Tag schaute buchstäblich überall zu den Fenstern herein
und der kleine Hahn krähte laut in die Morgenluft, begrüßte
Theresas Hühnervolk.

Luise öffnete ihr Schlafzimmerfenster und schaute hinaus.
Sie dachte über ihr Leben nach und redete, wie könnte es
anders sein, mit sich selber: Heute, am 7. August 89 bin ich
weiß Gott schon 70 Jahre alt. Gestern ein düsterer Regentag,
ein nicht endenwollender Zahnarzttag. Auf der Straße haben
sie gebohrt, in meinem Mund haben sie gebohrt. Es ging
trotz leiser Popmusik im Praxiszimmer draußen und drinnen
um Biegen und Brechen. Und heute scheint die Sonne. –
Wohin gehen die Jahre? Wo sind meine Jahre hingegangen?
– Gehen die Jahre in die Zeit oder geht die Zeit in die Jahre?
Was machen die Jahre mit uns? Kann es sein, dass sie uns
verändern? Haben sie aus mir eine bequeme Frau gemacht?
Früher waren archaische Handlungen wie Waschen, Kochen,
Heizen elementare Kreisläufe, in denen die Menschen sich
sicher und geborgen fühlten. Mit den Händen waschen, sich
um Sauberkeit bemühen, hatte vielleicht etwas zu tun mit
Selbstreinigung. Und noch viel früher wuschen die Frauen
am Brunnen. Sie klatschten und tratschten, wie wir es noch
immer tun. Sie waren lieb und sie waren frech zueinander.
Meiner Großmutter, die am Brunnen wusch, hat einmal eine
nachgerufen: „Vrene, du bisch ganz ä blödi Geiß!" Großmutter hat es mir lachend erzählt.

Und Heizen, dem Ofen Wärme zuführen und er gibt sie wieder ab an mich und ich wärme meine Hände an ihm, das war
ein Akt von Geben und Nehmen.

Kochen, mich selber und andere mit Nahrung versorgen, ist
ein Essgeschenk. Heute machen wir es uns mit fast food und
Haushaltsmaschinen schon sehr einfach.

Ach, Luise, sei ehrlich zu dir selber! Bist ja froh um die Waschmaschine, sogar froh um Theresas Tumbler, froh um die Zentralheizung und den elektrischen Herd und du freust dich mächtig, wenn du „Chez Carlo" eingeladen bist zum Essen. – Ja, schon. Doch die Frage bleibt: Was machen heutige Menschen, denen die Technik alles abnimmt, mit ihrer freien Zeit? Sie tun ja so, als hätten sie gar keine Zeit mehr. Sie reden dauernd vom Stress und die schnellsten Fahrzeuge sind ihnen nicht schnell genug. Und alles muss sich rentieren. Das verstehe ich einfach nicht. Wahrscheinlich bin ich schon zu alt.

Hallo, Luise! Du starrst ja förmlich ins Leere. Wo bist du in Gedanken?

Ich war in Gedanken bei mir und der heutigen Zeit und der Vergangenheit.

Hast du mich nicht kommen hören?

Nein, überhaupt nicht. Freu mich aber riesig, dass du da bist. Soll ich uns Frühstück machen? Ist es dir recht?

Ja, Geburtstagskind, es ist mir recht. Bin früh aufgestanden, bin hungrig.

Möchtest draußen essen?

Nein, lieber in der Küche mit offenem Fenster.

Justus kam herein, legte ein Paket auf den Tisch und nahm Luise in die Arme.

Luise, ich wünsch dir einen fröhlichen Tag, ein langes Leben und uns beiden noch viele gemeinsame Stunden.

Er küsste sie zärtlich auf beide Wangen. Sie lachte.

Warum lachst?

Ach weißt, hab eben Rückschau gehalten, das Heute mit dem Gestern verglichen und mir überlegt, wie lange es früher ging, bis Milch und Kaffee auf dem Tisch standen. Musste ja zuerst Feuer machen im Herd. Es war immer eine Prozedur.

Agnes hat ihre Morgenarbeit meist singend verrichtet. Das war schön, sagte Justus. Auch im Stall hat sie gesungen. Aber sei froh, dass dich nicht mehr herumplagen musst mit Holz und Ruß und Waschzuber und dergleichen mehr. Heute habe ich meinen Kalenderzettel gelesen. Wollte wissen, was unter deinem Geburtsdatum steht.

Und – was stand?

„Es will ein jeder lesen, denn der Luther hat gelesen." – Ob Frau Luther, die Käthe, jemals zum Lesen kam? Sie muss ja unwahrscheinlich viel gearbeitet haben in ihrem Leben. Nebst der eigenen Familie hat sie noch Waisenkinder, Studenten und Gäste beherbergt. Ich hätte ihr eine Waschmaschine, einen elektrischen Herd, eine Zentralheizung und vor allem einen Geschirrspüler gegönnt. Du hast jetzt Zeit zum Lesen und zum Schreiben. Wie gefällt dir deine Büroarbeit?

Nicht schlecht. Das Buchstabenspiel hat wirklich seinen Reiz und Geschäftsbriefe machen mir kein Bauchweh mehr. Für die Menukarte brauche ich manchmal ein Lexikon. Dabei lerne ich immer etwas. Das tut meinem alten Hirn gut.

Nun haben wir schon zwei Tassen Kaffee getrunken, Luise, und du hast mein Paket noch immer nicht geöffnet. Hier drin steckt nämlich auch ein Spielzeug. Ich könnte es einen Verführer nennen.

Justus, ich mach die Augen zu und du packst den Verführer aus.

Wie ein erwartungsvolles Kind saß Luise da, mit angespanntem Körper, die Hände vor dem Gesicht. Solange das Papier knisterte, blieb sie in Spannung und als es still wurde, nahm sie die Hände weg vom Gesicht und sperrte Mund und Augen auf.

Justus, du bist wahnsinnig, überfällst mich mit einem Gegenstand, den ich nie, nie haben wollte.

Er war billig, der Verführer, und er ist klein. Ein winziger Flimmerkasten, halt auch aus dem Brockenhaus. Wenn du ihn absolut nicht haben willst, nehm ich ihn wieder mit. Ich könnte mir zwar denken, dass du dich mit ihm befreundest.

Interessiert es dich nicht, wie die Politiker aussehen, die unsere kleine und die große Welt regieren?

Doch, die möchte ich sehen.

Weißt du, ihre Gesichter, ihre Hände, ihre Gebärden, wie sie miteinander umgehen, wie ihre Stimmen tönen, wenn sie reden, das ist alles sehr aufschlussreich.

Ja, kann ich mir vorstellen.

Du wirst auch schöne Landschaften, fremde, unbekannte Städte, Tierfilme sehen und gute Geschichten miterleben. Den Quatsch, von dem es leider zuviel gibt, musst halt weglassen, er verdirbt dir nur den Magen.

Ich möchte aber nicht fernsehsüchtig werden.

Du bist keine Suchtperson, Luise, und die Winterabende sind lang.

Du hast recht, seit Alois nicht mehr bei mir wohnt, sind sie lang geworden. Hauptsache, er hat seine Arbeit und eine Wohnung in Rorschach. Von Zeit zu Zeit lädt er mich zu einem Schulbesuch ein. Dann singt er mit der ganzen Klasse und ich singe mit. Lerne dabei neue Lieder kennen. Zum Schluss wünschen sich die Kinder eine Geschichte. Ich soll von früher erzählen. Fritz, ein Drittklässler, mahnt mich immer: „Verzell ä wohri Gschicht, keis Märli!"

Was hast letztes Mal erzählt?

Die Geschichte vom Wildheuer. Ich fand sie in meinem alten Lesebuch. Ist es nicht eigenartig, dass schon die Kinder immer zurückschauen wollen in vergangene Zeiten? Als müssten sie ihren Urwurzeln nachspüren.

Es scheint ein Urbedürfnis des Menschen zu sein. Und jedes Volk will seine Geschichte kennen. Leider ist bei mir vom Geschichtsunterricht nicht viel hängen geblieben. Unser Lehrer hat endlos über Schlachten geredet, hat die stolzen Eidgenossen gerühmt und genau das interessierte mich nicht. Möchte am liebsten bei meinem Sohn in der Schulstube hokken und zuhören, wie er den Geschichtsunterricht gestaltet.

Er kann seine Schüler begeistern, hat ein Talent, mit Menschen umzugehen.

Stimmt, Luise, das kann er wirklich. Er kümmert sich auch um seine Mutter. Seit ihrem Schlaganfall ist Klara auf Hilfe angewiesen. Alois holt sie an freien Nachmittagen aus dem Pflegeheim und fährt sie im Rollstuhl an den See. Dann setzt er sich auf eine Bank, macht seine Lehrerschulaufgaben und Klara schaut – Ja, was schaut sie sich an? Wenn ich es nur wüsste! Sie spricht leider kaum mehr. Nie wollte sie in gesunden Tagen mit mir am Wasser sitzen, auch nicht abends, wenn es still wird am Quai und die untergehende Sonne den See vergoldet. Warum hat sie nicht wenigstens die Ruhestunden mit mir geteilt? Warum kam sie nie mit mir in „wieße Sägel"? Ich hätte auch mit ihr getanzt und sie hätte die Lieder mitsingen können.

Vielleicht wollte sie dich ganz für sich haben.

Der Besitz einer einzigen Person sein? Nein, das wäre mein Untergang. Ich habe Kinder, ein Enkelkind, Kollegen und ich habe dich und mit allen möchte ich in Verbindung sein. Auch Agnes kann ich nicht aus meinem Leben streichen. Sie ist immer gegenwärtig. Vielleicht ist das der größte Schmerz in Klaras Leben. Erinnerst dich an Bärbels Hochzeitsabend? Ja, ich werde ihn nie vergessen. Klara sah schön aus. Sie war glücklich, weil du immer mit ihr getanzt hast.

Ist es nicht seltsam, dass sie am Tag danach ihren Schlaganfall hatte und im Spital endete? Die Schwestern und die Therapeutinnen haben sich liebevoll um sie gekümmert, das hat ihr gut getan. Und wir, die Kinder und ich, haben sie jeden Tag besucht. Auch das tat ihr gut. Sie hat sogar Dorothea angelächelt. Doch ausgerechnet Erwin, den sie ganz für sich beanspruchte, den sie unterstützte in seinem Hass gegen Ausländer, Asylanten, Juden und linke Politiker, ausgerechnet er machte sich aus dem Staub, fährt jetzt einen Lastwagen, fährt möglichst weit weg. Das Ausland, die weite Welt, wie er sagt, scheint sein Traum zu sein. Mir ist es recht, bin froh, hat er einen Beruf, in dem er Verantwortung übernehmen muss. Jetzt könnte er es sich nicht leisten, ein Asylantenheim anzuzünden, womit er immer gedroht hat. Mich versetzte er lange Zeit in Angst und Schrecken. Er war maßlos verärgert, dass ich die Schafswiese an Heinz, deinen ehemaligen Pfleger, verkauft hatte. „Ich werde denen die Hütte anzünden", sagte er zu mir. Er machte sich lustig über die schwarze Frau und die dunklen Kinder und Klara schimpfte tüchtig mit. In solchen Momenten war sie mir total fremd und ich musste gegen Hassgefühle kämpfen.

Justus stand auf. Luise, heute Abend gibt's Musik und Tanz für dich, nicht hier oben, sondern unten in meiner Stammbeiz. Die Castaldis werden dich mitnehmen. Tschüs, bis bald, du liebe alte junge Frau.

Und schon war Justus weg. Seine Zärtlichkeit hatte Luise tief berührt. Sie hätte gern gesagt: bleib noch ein Weilchen. Sie konnte nicht. Dreißig Jahre jünger, mit vierzig, wäre ich da auf ihn zugegangen, hätte ich einmal die Initiative ergriffen, ich als Frau? Hätte ich ihn verführt? – Luise betrachtete sich in der Fensterscheibe. Das unscharfe Gegenüber sagte : Luise, du bist alt. – Sie dachte über die kommende Frauengeneration nach. Wie wird sie sich verhalten im Alter? Vielleicht sind die zukünftigen alten Frauen sehr selbstbewusst mit ihren Silikonbrüsten, ihren glatten, gelifteten und schön angestrichenen Gesichtern, dem gefärbten Haar. Sie tragen wahrscheinlich immer die neueste Mode, sind gebildet, tüchtig und erfolgreich. Wer weiß! – Jedes Frauenjournal gibt gute Ratschläge, ermuntert zur Sexualität im Alter, bietet viel Kosmetik und work shops an, macht Menuevorschläge zum Abnehmen. Und die Genforscher versprechen Unsterblichkeit. Wunderbare heile Welt! – Luise stellte ihr Radio an und Udo Jürgens sang: „ Mit 66 Jahren, da fängt das Leben an."

Der Abend im „wieße Sägel" war für Luise eine große Überraschung. Vertraute Gesichter, Menschen, die sie liebte, waren einfach da und sorgten für Unterhaltung. Marei hatte die Beiz mit Blumen dekoriert. Blumen aus ihren Schülergärten. Und ein großer bunter Herbststrauß zum Mitnehmen wartete auf Luise. – Sie saß neben Justus und Alois am runden Stammtisch. Ihr gegenüber hatte Vikar Eberle an Claudias Seite Platz genommen. „Sind sie ein Paar geworden"? überlegte Luise. Sie erinnerte sich an den Traum, den sie gehabt hatte, damals, im Spital. Claudias Füße waren über helle Hügel gegangen. – Alois schien Gedanken lesen zu können. Er flüsterte Luise zu: Sie sind verlobt, die beiden, sie werden bald heiraten. – Dann stand er auf, schlug mit einem Löffel an sein Glas, um sich Gehör zu verschaffen und holte aus einer Plastiktasche einen Gegenstand, zugedeckt mit einem weißen Tüchlein. Er nahm das Tüchlein weg. Zum Vorschein kam ein kleines Segelschiff.

Liebe Luise, liebe Gäste, ich habe dieses Schiff vor langer, langer Zeit geschnitzt und du, Luise, hast die Segel genäht. – Als meine Schulzeit zu Ende war, wollte ich Schnitzer werden und Büscheli machen im Wald. Habe geschwärmt von einem romantischen, einsamen Leben als Künstler. – Da sagtest du, Luise, ganz ruhig und ganz cool zu mir: Alois, solltest auf der Hut sein vor dir selber. Geh nicht den Weg des geringsten Widerstandes. Arbeite auf ein Ziel hin. Jeder Mensch hat ein Recht auf Bildung. Lass deine Wald-, Holz- und Schiffträume Träume sein und melde dich im Lehrerseminar an. Mach etwas mit deinem Verstand. – Und ich hab's getan. Hab's nie bereut. Würde meinen Beruf gegen keinen andern mehr tauschen. Du warst meine Wegbereiterin, Luise. Zum Dank möchte ich dir mein Segelschiffchen schenken. Weil wir mit ihm nicht ins Meer hinaus fahren können, lade ich dich in ein großes Schiff ein zu einer Bodenseefahrt, wann immer du willst.

Oooo, Alois, womit habe ich das verdient! – Ich danke dir

viel tausend Mal. Luise umarmte ihn stürmisch. Sie fühlte sich jung und glücklich. Und dieses Gefühl des Lebendigseins verstärkte sich tief in der Nacht, als Justus an ihr Fenster klopfte. Sie öffnete ihm die Türe. Sie ließ es zu, dass er zur Unzeit kam.

Luise, ich möchte diese Nacht neben dir schlafen, deinen Körper, deine Nähe spüren. Darf ich?

Ja, Justus, ja.

Es bedurfte keiner Worte mehr. Draußen schien der Vollmond. Durchs offene Fenster strömte frische Luft.

Im Paradies muss es so schön sein, wie es jetzt ist, dachte Luise. – Wie hieß mein Konfirmationsspruch?

> Unser Leben währet siebenzig Jahre
> Und wenn's hoch kommt,
> so sind's achtzig Jahre
> und wenn's köstlich gewesen ist,
> so ist's Mühe und Arbeit gewesen,
> denn es fähret schnell dahin,
> als flögen wir davon.

Inhaltsverzeichnis

Über die Autorin

Ursula Geiger, geboren in Beggingen (Kt. Schaffhausen).
Lebt heute in Tenniken (Baselland)
Ausbildung als Rhythmiklehrerin am Konservatorium in Zürich.
Heirat mit dem Theologen Max Geiger.
Gründung eines Kindertheaters und Aufführung eigener zeitkritischer Stücke in verschiedenen Städten und Dörfern.
In der Basler Frauentheaterwoche Auftritt im Stadttheater mit dem eigenen Stück „7 Fraue!"
Verschiedene Arbeiten im Rundfunk.

Weitere Veröffentlichungen:

SJW-Heft über die Flüchtlingsmutter Gertrud Kruz
Jugendbuch „Komm bald, Christine"
Roman „Irgendwo dazwischen"

Im Alkyon Verlag erschien:

„Die Töchter in der Zeit der Väter. Lebenserinnerungen der Enkelin des Schweizer Theologen Hermann Kutter", 3. Auflage, Weissach i.T. 1996.
„Noch immer Leim an meinen Sohlen. Lebenserinnerungen 2. Teil, Weissach i.T. 1998.

EDITION EISVOGEL
IM ALKYON VERLAG

Gerhard Staub, In König Hanichs Reich. Märchenroman
144 S., 10 Ill., DM 16,80 ÖS 123,-SFR 16,00. 3-926541-00-8
Eduardo Lombron del Valle, Die Stadt und die Schreie.
Roman in 22 Erzählungen
120 S., 9 Abb., DM 16,80 ÖS 123,- SFR 16,00. 3-926541-01-6
Jutta Natalie Harder, Der verlorene Apfelbaum
Eine Pfarrhauskindheit in der Mark. 2. Auflage
168 S., 2 Ill., DM 18,80 ÖS 137,- SFR 18,00. 3-926541-03-2
Zacharias G. Mathioudakis, Unter der Platane von Gortyna
Kretische Prosa und Lyrik. 3. Auflage
96 S., 4 Ill., DM 16,80 ÖS 123,- SFR 16,00. 3-926541-05-9
Christa Hagmeyer, Bewohner des Schattens. Kurze Prosa
96 S., 8 Ill., DM 18,80 ÖS 137,- SFR 18,00. 3-926541-06-7
Anne Birk, Der Ministerpräsident. Bernies Bergung. 2 Erzn.
168 S., 5 Ill., DM 18,80 ÖS 137,- SFR 18,00. 3-926541-09-1
Kay Borowsky, Der Treffpunkt aller Vögel. Gedichte
96 S., 6 Abb., DM 17,80 ÖS 130,- SFR 17,00. 3-926541-10-5
Margarete Hannsmann, Wo der Strand am Himmel endet
Griechisches Echo. Gedichte Neugriechisch-Deutsch.
Übertragen von Dimitris Kosmidis. 144 S., 10 Abb.
DM 22,80 ÖS 166,- SFR 21,00. 3-926541-11-3
Lisa Ochsenfahrt, Ohne nennenswerten Applaus. Kurze Prosa
96 S., 5 Abb., DM 17,80 ÖS 130,- SFR 17,00. 3-926541-12-1
Ulrich Zimmermann, Ins weiche Holz des Balkens
Von vernagelten Horizonten und anderen Hämmern
96 S., 5 Abb., DM 17,80 ÖS 130,- SFR 17,00. 3-926541-23-7
Justo Jorge Padrón, In höllischen Sphären. Gedichte
Spanisch und Deutsch. Übertragen von Rudolf Stirn
144 S., 3 Abb., DM 20,80 ÖS 152,- SFR 19,00. 3-926541-24-5

Kleine ALKYON Reihe

M. Gernoth, Die Bitterkeit beim Lachen meiner Seele. Ged.
80 S., 4 Abb., DM 16,80 ÖS 123,- SFR 16,00. 3-926541-13-X
Michail Krausnick, Stichworte. Satiren, Lieder und Gedichte
80 S., 5 Abb., DM 16,80 ÖS 123,- SFR 16,00. 3-926541-14-8

Dimitris Kosmidis, Der Muschel zugeflüstert. Gedichte
80 S., 6 Abb., DM 16,80 ÖS 123,- SFR 16,00. 3-926541-18-0
Bruno Essig, Ruhige Minute mit Vogel. Gedichte
80 S., 5 Abb., DM 16,80 ÖS 123,- SFR 16,00. 3-926541-19-9
Anne Birk, Das nächste Mal bringe ich Rosen. Erzählung
130 S., 3 Abb., DM 16,80 ÖS 123,- SFR 16,00. 3-926541-20-2
Jürgen Kornischka, Nacht im Flügelhemd
80 S., DM 16,80 ÖS 123,- SFR 16,00. 3-926541-22-9
Irmtraud Tzscheuschner, Ines Konzilius. Roman
144 S., 8 Abb., DM 16,80 ÖS 123,- SFR 16,00. 3-926541-21-0
Peter Kastner, In Fabel-Haft
120 S., 4 Abb., DM 16,80 ÖS 123,- SFR 16,00. 3-926541-26-1
Ingeborg Santor, Amsellied und Krähenschrei. Gedichte
80 S., 1 Abb., DM 16,80 ÖS 123,- SFR 16,00. 3-926541-32-6
Rudolf Stirn, Die Hürde des Lichts. Roman
130 S., 12 Ill., DM 18,00 ÖS 131,- SFR 17,00. 3-926541-33-4
Olaf Reins, Das zweite Leben des Herrn Trill. Geschichten
130 S., 3 Abb., DM 19,80 ÖS 145,- SFR 19,00. 3-926541-39-3
Imre Török, Ameisen und Sterne
Märchen und andere wahre Geschichten. 3. Aufl. 1999
132 S., 1 Abb., DM 16,80 ÖS 123,- SFR 16,00 3-926541-49-0
Bernd Hettlage, Wie ich Butterkönig wurde. Erzählungen
132 S., 1 Abb., DM 16,80 ÖS 123,- SFR 16,00 3-926541-54-7
Gerhard Staub, Sternenflug. Erzählungen
148 S., 15 Abb., DM 18,80 ÖS 137,- SFR 18,00 3-926541-58-X
Olaf Reins, Waterhouse. Erzählungen
172 S., 1 Abb., DM 19,80 ÖS 145,- SFR 19,00 3-926541- 78-4

Junge ALKYON Serie

Paß gut auf alle Menschen auf. Gedichte zum Jahreswechsel
Anthologie der Kl. 7 Max-Born-Gymnasium Backnang
80 S., 8 Abb., DM 14,80 ÖS 108,- SFR 14,00. 3-926541-27-X
Lotte Betke, Das Lied der Sumpfgänger, Erzählung
130 S., 7 Abb., DM 16,80 ÖS 123,- SFR 16,00. 3-926541-34-2
Klaudia Barisic, Ich möchte das Meer sehen, Prosatexte
96 S., 3 Abb., DM 18,80 ÖS 137,- SFR 18,00. 3-926541-36-9
Monika Eisenbeiß, Kinder, Chaos und ein Koch
Geschichten aus dem Familien-Archipel
144 S., 1 Abb., DM 16,80 ÖS 123,- SFR 16,00. 3-926541-37-7

Lotte Betke, Wir würden's wieder tun. Erzählung
182 S., 6 Abb., DM 19,80 ÖS 145,- SFR 19,00. 3-926541-38-5
Signe Sellke (Hrsg.), Engel sind keine Einzelgänger
Texte von Kindern der Scherr-Grundschule Rechberg
80 S., 27 Abb., DM 14,80 ÖS 108,- SFR 14,00. 3-926541-41-5
Irmela Brender, Fünf Inseln unter einem Dach
178 S., DM 19,80 ÖS 145,- SFR 19,00. 3-926541-47-4
Martin Beyer, Fragezeichen. Erzählung
178 S., DM 19,80 ÖS 145,- SFR 19,00 3-926541-52-0
Lotte Betke, Rotdornallee
108 S., 5 Abb., DM 14,80 ÖS 108,- SFR 14,00 3-926541-59-8
Rudolf Stirn, Der Weg nach Nurmiran. Märchenroman
250 S.,18 Abb., DM 19,80 ÖS 145,- SFR 19,00 3-926541-67-9
Lotte Betke, Lampen am Kanal
118 S., 5 Abb., DM 14,80 ÖS 108,- SFR 14,00 3-926541-68-7
Andreas Pesch, Bosniens Herz ist groß und nah. Erzn. 2. Aufl. 1999
135 S., 1 Abb., DM 16,80 ÖS 123,- SFR 16,00 3-926541-76-8
Udo Straßer, Der Sternenskorpion. Erzählung
132 S., 4 Abb., DM 16,80 ÖS 123,- SFR 16,00 3-926541-86-5
Joachim Hoßfeld, Aus dem Tagebuch des Katers Brandner
134 S., 12 Abb., DM 19,80 ÖS 145,- SFR 19,00 3-926541-89-X
Sylvia Frey/Julia Kaufmann, Ute eckt an.
Erzählung aus Klasse 8 Max-Born-Gymnasium Backnang
84 S., 3 Abb., DM 16,80 ÖS 123,- SFR 16,00 3-926541-97-0
Sylvia Keyserling, Im Baum sitzt ein Koalabär
132 S., 7 Ill., DM 18,80 ÖS 137,- SFR 18,00 3-933292-00-X
Udo Straßer, Mellas Gameboy
147 S., 4 Abb. 3-933292-33-6 DM 16,80 ÖS 123,- SFR 16,00

-.-

E. Marheinike, Das Backnanger Hutzelmännchen
120 S., 5 Ill., DM 16,00 ÖS 117,- SFR 15,00. 3-926541-04-0
Gerold Tietz, Satiralien. Berichte aus Beerdita
96 S., DM 17,80 ÖS 130,- SFR 17,00. 3-926541-08-3
A. Birk u.a.(Hrsg.), Beifall für Lilith. Autorinnen über Gewalt
185 S., DM 18,80 ÖS 137,- SFR 18,00. 3-926541-17-2
Rud. Stirn, Faustopheles und Antiphist. Ein FAUST-Palindram
188 S., DM 20,00 ÖS 146,- SFR 19,00. 3-926541-25-3
Wjatscheslaw Kuprijanow, Das feuchte Manuskript. Roman
144 S., 5 Ill., geb. DM 26,00 ÖS 190,- SFR 24,00.3-926541-15-6

Rudolf Stirn, Wie ein Licht aufzuckt. Ein Josef-K.-Roman
112 S., DM 16,00 ÖS 117,- SFR 15,00. 3-926541-29-6
Lotte Betke, Feuermoor oder Sieh dich nicht um. Roman
180 S., DM 19,80 ÖS 145,- SFR 19,00. 3-926541-28-8
Christa Hagmeyer, Auf unsern Nebelinseln. Gedichte
90 S., 3 Abb., DM 17,80 ÖS 130,- SFR 17,00. 3-926541-31-8
Helga Meffert, Orang-Utan oder Die Wurzeln des Glücks. Erz.
80 S., 2 Abb., DM 16,80 ÖS 123,- SFR 16,00. 3-926541-30-X
Rudolf Stirn, Menetekel, Abgesang. Ein FAUST-II-Palindram
130 S., DM 18,00 ÖS 131,- SFR 17,00. 3-926541-35-0
michael fleischer, selbstgespräche monoton
148 S., DM 22,80 ÖS 166,- SFR 21,00. 3-926541-40-7
Miodrag Pavlovic, Die Tradition der Finsternis. Gedichte
96 S., DM 18,80 ÖS 137,- SFR 18,00. 3-926541-43-1
Johannes Poethen, Das Nichts will gefüttert sein
Fünfzig Gedichte aus fünfzig Jahren. Klappenbroschur
64 S., DM 18,80 ÖS 137,- SFR 18,00. 3-926541-45-8
Hans Klein, Diese Erde. Gedichte
80 S., DM 16,80 ÖS 123,- SFR 16,00. 3-926541-46-6
Dimitris Kosmidis, Die Botschaft der Zikaden. Ged. Kl.broschur
96 S., 9 Abb., DM 22,80 ÖS 166,- SFR 21,00. 3-926541-48-2
Heinz Angermeier, Gesichter der Landschaft. Landschaften
des Gesichts. Lyrische Texte. Klappenbroschur
64 S., 3 Abb., DM 20,80 ÖS 152,- SFR 19,00 3-926541-51-2
Rudolf Stirn, Anton Bruckner wird Landvermesser. Roman
156 S., DM 22,00 ÖS 161,- SFR 20,00 3-926541-53-9
Wolfgang Kaufmann, Bonjour Saigon. Roman
Ln. geb., 240 S., DM 36,00 ÖS 263,- SFR 33,00 3-926541-55-5
Conrad Ceuss, Wohl- und Übeltaten des Bürgers Borromäus
148 S., DM 16,80 ÖS 123,- SFR 16,00 3-926541-56-3
Ursula Geiger, Die Töchter in der Zeit der Väter, Erinnerungen I
der Enkelin des Schweizer Theologen Hermann Kutter
132 S., DM 16,80 ÖS 123,- SFR 16,00 3-926541-57-1
Sergio Chejfec, Geografie eines Wartens. Roman
Aus dem argentin. Spanisch v. Karin Schmidt
164 S., DM 22,00 ÖS 161,- SFR 20,00 3-926541-60-1
Christa Hagmeyer, Unterm Schattendach
Geschichten zwischen Tag und Traum
94 S., DM 17,80 ÖS 130,- SFR 17,00 3-926541-61-X
Armin Elhardt, Das Blinzeln des Abendsterns. Prosa
94 S., DM 17,80 ÖS 130,- SFR 17,00 3-926541-62-8

Katharina Ponnier, Die Grille unter dem Schellenbaum. Roman
230 S., DM 22,80 ÖS 166,- SFR 21,00 3-926541-63-6

Wjatscheslaw Kuprijanow, Eisenzeitlupe. Gedichte. Broschur
Im Februar 1997 auf Platz 1 der SWF-Bestenliste
92 S., 3 Abb. DM 18,80 ÖS 137,- SFR 18,00 3-926541-64-4

Matthias Kehle, Vorübergehende Nähe. Gedichte. Broschur
82 S., 1 Abb. DM 16,80 ÖS 123,- SFR 16,00 3-926541-65-2

Widmar Puhl, Wo der Regenbaum stand. Gedichte. Broschur
74 S., DM 16,80 ÖS 123,- SFR 16,00 3-926541-66-0

Marianne Rentel-Bardiau, La promeneuse / Die Spaziergängerin
Gedichte Französ.-Dtsch. Übertr. v. Reinhard Walter. Broschur
80 S., DM 18,80 FFR 58,00 ÖS 137,- SFR 18,00 3-926541-69-5

Ralf Portune, Den Überlebenden. Gedichte. Broschur
76 S., DM 17,80 ÖS 130,- SFR 17,00 3-926541-70-9

Alexander Ruttkay, Ein Fremder kehrt zurück. Roman
123 S., 3 Abb., DM 19,80 ÖS 145,- SFR 19,00 3-926541-71-7

Angelika Stein, Indische Stimmen. Erzählung 2. Aufl. 1999
72 S., 1 Abb., DM 17,80 ÖS 130,- SFR 17,00 3-926541-72-5

Winfried Hartmann, Nachtgeflüster. Gedichte
95 S., DM 18,80 ÖS 137,- SFR 18,00 3-926541-73-3

Rolf Augustin, Diesseits und jenseits der Grenze
Kurze Prosatexte. Broschur.
83 S., 1 Abb., DM 18,80 ÖS 137,- SFR 18,00 3-926541-74-1

Ulrich Maria Lenz, Irgendein Tag in der Zeit. Gedichte
121 S., 1 Abb., DM 19,80 ÖS 145,- SFR 19,00 3-926541-75-X

Lotte Betke, Inmitten der Steine. Gesammelte Gedichte
77 S., 1 Abb., DM 17,80 ÖS 130,- SFR 17,00 3-926541-77-6

Jan Wagner, Beckers Traum. Erzählung
81 S. DM 16,80 ÖS 123,- SFR 16,00 3-926541-79-2

Wolfgang Andreas Harder, Schattenlauf im Fluß. Gedichte
87 S., 4 Abb. DM 18,80 ÖS 137,- SFR 18,00 3-926541-80-6

Gerold Tietz, Böhmische Fuge. Roman
168 S., 4 Abb., DM 19,80 ÖS 145,- SFR 19,00 3-926541-81-4

Anne C. Krusche, Wie ein Mantel aus Schnee. Roman. 2. Aufl.
214 S. DM 22,80 ÖS 166,- SFR 21,00 3-926541-82-2

Joachim Hoßfeld, Steigen und Stürzen. Ein Bericht
164 S., DM 19,80 ÖS 145,- SFR 19,00 3-926541-83-0

Marc Degens, Vanity Love. Roman
286 S., 1 Abb. DM 24,80 ÖS 181,- SFR 23,00 3-926541-84-9

Wassilis Ellanos, Hier meine Erde. Chorischer Hymnus
80 S., 13 Abb., DM 19,80 ÖS 145,- SFR 19,00 3-926541-85-7

U.+ G. Ullmann-Iseran, Die Rückkehr der Schwalben. Roman
148 S., 12 Abb., DM 22,80 ÖS 166,- SFR 21,00 3-926541-87
Rudolf Stirn, Mörike, der Kanzler, Kleiner und Ich. Capriccio
111 S., DM 18,80 ÖS 137,- SFR 18,00 3-926541-88-1
Walter Aue, Der Stand der Dinge. Neue Gedichte
84 S., DM 18,80 ÖS 137,- SFR 18,00 3-926541-90-3
Anita Riede, Ein Fingerhut voll Licht. Gedichte
67 S., DM 17,80 ÖS 130,- SFR 17,00 3-926541-91-1
Knut Schaflinger, Der geplünderte Mund. Gedichte
99 S., DM 19,80 ÖS 145,- SFR 19,00 3-926541-92-X
Sonja Maria Decker, Das Dunkel zwischen den Lichtern. Roman
348 S., DM 24,80 ÖS 181,- SFR 23,00 3-926541-93-8
Stefanie Kemper, Herrn Portulaks Abschied. Erzählungen
84 S., DM 18,80 ÖS 137,- SFR 18,00 3-926541-94-6
Ingeborg Santor, Schlafmohntage. Erzählungen
91 S., DM 18,80 ÖS 137,- SFR 18,00 3-926541-95-4
Martin Beyer, Nimmermehr. Roman
109 S., DM 18,80 ÖS 137,- SFR 18,00 3-926541-96-2
Wjatscheslaw Kuprijanow, Wie man eine Giraffe wird. Gedichte
Russisch-Deutsch. 3. veränderte u. erweiterte Aufl.
133 S., DM 22,80 ÖS 166,- SFR 21,00 3-926541-98-9
Rudolf Stirn, Der Gedankengänger. Roman
84 S., DM 18,00 ÖS 131,- SFR 17,00 3-926541-99-7
Anneliese Vitense, Sieben blaue Bäume.
Gesammelte Gedichte. 2. Auflage 1999
108 S., 5 Ill., DM 18,80 ÖS 137,- SFR 18,00 3-933292-01-8
Mehmet Şekeroğlu, Das Ohrenklingeln. Erzählungen
150 S., DM 19,80 ÖS 145,- SFR 19,00 3-933292-02-6
Klára Hůrková, Fußspuren auf dem Wasser. Gedichte u. Texte
64 S., DM 17,80 ÖS 130,- SFR 17,00 3-933292-03-4
Ursula Geiger, Noch immer Leim an meinen Sohlen?
Lebenserinnerungen II der Enkelin des
Schweizer Theologen Hermann Kutter
132 S., DM 18,80 ÖS 137,- SFR 18,00 3-933292-04-2
Renate Gleis, Biografie des Abschieds. Prosa und Gedichte
95 S., DM 18,80 ÖS 137,- SFR 18,00 3-933292-05-0
Margaret Kassajep, Der Pirol beendet sein Lied. Gedichte
80 S., DM 17,80 ÖS 130,- SFR 17,00 3-933292-06-9
Rosmarie Schering, Taumle ich? Erzählungen
100 S., DM 18,80 ÖS 137,- SFR 18,00 3-933292-07-7

Wassilis Ellanos, Wenig Licht und ein Fremder. Ged.Griech.-Dtsch.
88 S., 12 Abb., DM 22,80 ÖS 166,- SFR 21,00 3-933292-08-5
Walter Neumann, Eine Handbreit über den Wogen. Baltisch. Gesch.
122 S., 4 Abb., DM 19,80 ÖS 145,- SFR 19,00 3-933292-09-3
Hansjürgen Bulkowski, Hellers Fall. Erzn. aus dem Gedächtnis
115 S., 3 Abb., DM 18,80 ÖS 137,- SFR 18,00 3-933292-10-7
Abdullah Kraam, Blume Erde. Gedichte
80 S. DM 17,80 ÖS 130,- SFR 17,00 3-933292-11-5
Wolfgang Hoya, Manchmal, morgens. Gedichte
64 S., 3 Abb., DM 17,80 ÖS 130,- SFR 17,00 3-933292-12-3
Mathias Jeschke, Windland. Gedichte
86 S. DM 17,80 ÖS 130,- SFR 17,00 3-933292-13-1
Insa Wenke, Der Unbekannte im Watt. Erzählungen
124 S., 3 Abb., DM 18,80 ÖS 137,- SFR 18,00 3-933292-14-X
Dinu Amzar, In Sätzen In Ketten. Gedichte
116 S., 3 Abb., DM 18,80 ÖS 137,- SFR 18,00 3-933292-16-6
Jutta Natalie Harder, Der wiedergefundene Apfelbaum.
Auf der Reise zu mir selbst
296 S., 3 Abb., DM 22,80 ÖS 166,- SFR 21,00 3-933292-17-4
Alexander Bertsch, Die endliche Reise. Roman
240 S., DM 29,80 ÖS 218,- SFR 27,50 3-933292-18-2
Imre Török, Cagliostro räumt Schnee am Rufiji. Geschichten
Veränderte und erweiterte Neuausgabe
130 S., 3 Abb., DM 18,80 ÖS 137,- SFR 18,00 3-933292-19-0
W. Kuprijanow, Der Schuh des Empedokles. Rom. Neuausgabe
198 S., 3 Abb., DM 26,00 ÖS 190,- SFR 24,00 3-933292-20-4
Kuprijanow, W./Lipnewitsch, V./ Kollessow, J. u.a.,
Wohin schreitet die Pappel im Mai?
Anthologie moderner russ. Lyrik. Russisch-Deutsch
128 S., 3 Abb., DM 22,80 ÖS 166,- SFR 21,00 3-933292-21-2
L. da Vinci, Profezie/Prophezeiungen.
Italienisch - Deutsch. Neuausgabe
Übersetzt und m. ein. Essay herausgegeben von Klaus Weirich.
113 S., 3 Abb., DM 22,80 ÖS 166,- SFR 21,00 3-933292-22-0
Tibor Zalán, és néhány akvarell / und einige aquarelle
Versek / Gedichte Ungarisch - Deutsch, übertr. von Julia Schiff
97 S., o.Abb., DM 18,80 ÖS 137,- SFR. 18,00 3-933292-23-9
Rudolf Stirn (Hrsg.), Der stille Freund
Anthologie Literatur-Grundkurs Max-Born-Gymnasium Backnang
102 S., 20 Fot., DM 16,80 ÖS 123,- SFR 16,00 3-933292-24-7

Lea Ammertal, Auf den Spuren des Drachens. Gedichte aus Wales
79 S., 4 Abb., DM 17,80 ÖS 130,- SFR 17,00 3-933292-25-5
Rainer Wedler, Die Befreiung aus der Symmetrie. Roman
110 S., DM 18,80 ÖS 137,- SFR 18,00 3-933292-26-3
J.W. Goethe / Rudolf Stirn, Faustomachie
Faust / Faustopheles und Antiphist. Studienausgabe
332 S., DM 22,80 ÖS 166,- SFR 21,00 3-933292-27-1
Karl Otto Sauerbeck, Herbstlaubstimmen. Gesammelte Gedichte
94 S., DM 18,80 ÖS 137,- SFR 18,00 3-933292-28-X
Heinz Ratz, Die große Schwangerschaft. Monströse Geschichten
124 S., DM 19,80 ÖS 145,- SFR 19,00 3-933292-29-8
Hilde Möller-Meyer, ...den Himmel mit Händen fassen. Roman
204 S., DM 22,80 ÖS 166,- SFR 21,00 3-933292-30-1
Christiane Schulz, Endwintergrau. Gedichte
98 S., DM 18,80 ÖS 137,- SFR 18,00 3-933292-31-X
Anita Riede, Zuflucht zur Orange. Fünfzig neue Gedichte
66 S., DM 17,80 ÖS 130,- SFR 17,00 3-933292-32-8
Maria Schröder, Beim Schmelzen der Hülle. Gedichte
97 S., 6 Abb., DM 18,80 ÖS 137,- SFR 18,00 3-933292-34-4
Michael Hillen, Am Wegrand ein Judasbaum. Gedichte
115 S., DM 18,80 ÖS 137,- SFR 18,00 3-933292-35-2
Rudolf Stirn, Der Inselkönig. Fantasiestück in Callots Manier
96 S., DM 18,80 ÖS 137,- SFR 18,00 3-933292-36-0
Carl Erras, Der vertauschte Tod. Geschichten aus einer Stadt
146 S., DM 19,80 ÖS 145,- SFR 19,00 3-933292-37-9
Irmtraud Tzscheuschner, Ein oft betretenes Haus. Novelle
108 S., DM 18,80 ÖS 137,- SFR 18,00 3-933292-38-7
Babette Dieterich, Wesenszügel. 53 Personenskizzen
123 S., 20 Abb. DM 19,80 ÖS 145,- SFR 19,00 3-933292-39-5
Wolf Rich. Günzel, Das Mädchen in der Zündholzschachtel. Rom.
188 S., DM 22,80 ÖS 166,- SFR 21,00 3-933292-40-9
Susanne Lutz, Weihrauch und Daumenschrauben. Geschichten
100 S., DM 19,80 ÖS 145,- SFR 19,00 3-933292-41-7
Anne C. Krusche, Sarah - Erzählung aus dem Traumhaus
216 S., DM 22,80 ÖS 166,- SFR 21,00 3-933292-42-5
Beate Claudia Schill, Vom Engel geführt. Gedichte
84 S.DM 17,80 ÖS 130,- SFR 17,00 3-933292-43-3
Ruth Wegner, Die Zukunftskatze. Geschichten
148 S., 15 Abb. DM 19,80 ÖS 145,- SFR 19,00 3-933292-44-1
Rolf Stolz, Der Gast des Gouverneurs i. d. Wand d. Kraters. Roman
273 S., 1Karte DM 24,80 ÖS 181,- SFR 23,00 3-933292-45-X

Rudolf Stirn, Der goldne Tropf. Erzählung aus Backpfeif
125 S. 13 Abb. DM 18,80 ÖS 137,- SFR 18,00 3-933292-46-8
Frank Bertsch, Meister der Brunnen der Tiefe. Erzählung
164 S., 1 Abb. DM 19,80 ÖS 145,- SFR 19,00 3933292- 47-6
W. Kuprijanow, Muster auf Bambusmatten. Eurasische Gesch.
Russ.-D. 92 S. DM 22,80 ÖS 166,- SFR 21,00 3-933292-48-4
Ulrich Müller, Kopfsonate. Roman.
268 S. DM 24,80 ÖS 181,- SFR 23,00 3-933292-49-2
Ursula Geiger, Die Nachbarin. Erzählung
143 S., DM 19,80 ÖS 145,- SFR 19,00 3-933292-50-6